JN309124

海と川の匂い

伊佐山ひろ子

リトルモア

海と川の匂い

もくじ

装幀　服部一成

燃える電車は、すごくゆっくりと遠ざかっていった

「ひゃっぱです」と何度か母がめずらしく胸をはって言っているのを聞いたことがある。るい子の家は百羽ほどのニワトリを飼っている養鶏場だ。卵や、つぶしていいニワトリを売っている。昔からの住宅街にある家の案外広い庭を利用して鶏小屋を建てたので、フンが臭いとか、朝からコケコッコーの声がうるさいだとか、けっこう隣近所からも文句が来た。土地の広さを誰かに聞かれたときも父は百坪ですと言っていた。庭のすみっこに追いやられているように見える桃の木は今も噛むとカリカリと歯ごたえのある甘い水蜜桃を毎年実らせている。この根元を深く掘れば代々の犬が眠っているはずだ。ユキ、ペロ、クリ、

マリ、アニー、ムク。死んだ金魚やメダカもるい子が埋めた。朝、鶏小屋をまわって死んだヒヨコがいれば父は慣れた手つきでシャベルに足をかけて土を起こすのが楽しそうに穴を掘ってポイ！　とその中に投げた。るい子はお手洗いに朝起きて廊下のつきあたりでそんな父を見つけたとしても、黙ってまた自分のふとんにもぐった。

桃の木の下の土の中は、ずいぶんにぎやかな動物園になっているのだろう。だから、ここに入れるとき、るい子たち家族はあんまり泣いたことはなかった。

るい子が三歳くらいのときから父はいつも家で仕事をしていた。大きな会社に勤めていたのに病気になってねぇと叔母さんたちが茶の間で祖母を囲んでいつまでもしゃべってなかなか帰らないとき、そう言っていた。

るい子がヨチヨチ歩きのころ、いつも父は、るい子を抱いて、近くのお宮やデパートに連れていった。父がお菓子を一つつまんでるい子の口の中に入れる。父の大きな親指と人さし指の先がつばのたまった小さな口の中に入ってきて、しょっぱいような、父が空き地に干していた鶏フンのような味がしてお菓子の味がよくわからなくなった。でもるい子はお菓子も父の指先も両方まとめてうれしかった。家でくつろぐ夜は父は和服に着替え、るい子は父のふところにさっさと入って両方のたもとに足を突っ込んだ。

少し大きくなると、るい子は月に一度は父の検診について病院に行った。父の日記には「今日、病院、るい子キャラメル」とか簡単すぎるメモのような文章があったと後になって母から聞いた。

小さなるい子でも家から走って十分くらい行けば海に出る。海水浴のできる夏もできない季節も、だいたい夕方には毎日、父といっしょに犬の散歩に行った。夏は水筒を肩から斜めに掛けて、用心しながら小さなコップに麦茶をそそぎ、まほうびんの味がまじったのを飲むのが楽しみだった。父はるい子に小さなコップをお猪口のように差し出し「お、ついでくれ」とおとなに言うように言った。濃い潮の匂いとビュルビュルと耳もとで髪をふるわせる風に吹かれて海のそばにいると、父はやっぱり「海は広いな」を歌い出し、るい子は小さな手を父の手に結んで少しゆらしながらあとにつづいた。五〇〇メートルくらい先の防波堤まで歩くのだ。波の向こうをじっと見ていると必ずザンブリと大きな生き物が海から立ち上がってくるような気がする。この話を何度父に感情をこめて言っても、あんなにるい子のことを好きなくせに父は、「ふ」と息を吐くだけで興味のない態度を見せた。

また今日も言いそうになっている自分に気がついて、後ろを振り返ると砂浜で遊んでいたマリもお座りして行儀よく海の向こうを見ていた。

るい子の家には以前の持ち主が作った地下室があって十段ほどの階段を下り開けにくくなった木の扉をギイィッと思い切り開くと、とたんに土の中のような冷たい湿気た匂いがして、天井が低いせいか背も伸びてるい子は半分おとなになったような気がする。明かり取りのために台所の床が半畳ほど切り抜かれそこには金網が張ってあって、祖母の影や母の影がチラチラいそがしそうで一人でも少しも恐くない。

るい子は小学校に入って、全速力で走ることを教わってから、一〇〇メートルかもう少し長く思いっきり走るのが大好きになった。走り切ったあと苦しくて地面に手をついて、「もうやらないよ」と思いながらやっと息を吸うとき、自分がピクピクしている感じがした。親戚が家に集まる日、父はよくたくさんの鶏のなかから一羽の鶏をさっと迷わず選び取り、足をひもでしばって物干しざおに逆さにつるして首を切った。首のないさかさまドリは羽で飛んで行きたそうにバタバタして、そして首から血をたくさん流して静かになっていった。走ったあともう死んでしまうと思ってやっと息が落ち着いてきた感じと似ているような気がした。トリの赤黒い血のあとはしばらく庭の土の上にまるく残った。洗たく物を干す母の足元の土深くしみ込んでいた。

るい子は走るための空地を見つけて、毎日四角い空地をぐるぐる走った。でもやっぱり小さくまるく走っても全速力にはならない。まっすぐ息が切れるまで走らなくては。一〇〇メートルくらいまっすぐの道は家の前の道しかなかった。

だれも歩かない夏の昼間、外に出るだけでも暑さでクラクラするほどなのに、思いっきりつきあたりまで走る。息ができなくて首の後ろ側がものすごく痛い。しばらく太陽にジリジリ照らされながら生き返ってくる自分を待つ。そしてもう一度走った。

空地は夏になって茅がひざ上までびっしりおいしげり、中には何があるか分からない草の海に変わっていた。るい子は足を大きく上げてドボン！　と草の海に飛び込みまた走った。地面に石ころや、あぶないクギがかくれているかもしれない。犬のウンコや、もしかしてヘビがいるかも……。でもあっという間に四角い空地じゅうをかけめぐっていた。

「なーんだ、こんなもんか」とやりきった気持ちであえいでいると、ひざから下の両足がチリチリとしびれるような感じがした。かがんで足を見ると、細い切り傷が糸のような赤い雨のような文様でななめに両足に並んでいて、その文様は茅の群れのように見えた。赤い血は見えてもたらたら出ないで止っている。こうして最後に足がキズだらけになるのもふくめて、るい子はまたやってみようと思った。

るい子が地下室の木の扉を「おいしょ！」っと開けると、もう先に父が来ていて寝台の上に寝ていた。けっこう高さのある何かの台を、父はテーブルのようなベッドのような物に作り変えて、いつもここで昼寝していた。帽子をとって開衿シャツの上の日焼けした喉仏を上に向けて、その板の上にピッタリとはまるように大の字になった父を見て、きっと自分の大きさにあわせたのだろうな、これは父の物なんだなとるい子にも分かった。近づくと、父はいつまでも目を開けないで静かに台に載っていた。すこし顔をさわって、ザラザラひげを手の平でこすってもじっとしている。心配になったるい子は、父の肩をゆすって、耳元で、「お父さん、お父さん」とささやいた。父はいつまでもだまっていて、もうきっと目をさますことはないだろう、とるい子は覚悟した。台の上によじのぼり、父の右腕とわき腹の間に身体をすべらせた。地下室のヒンヤリかびくさい冷たさの中で、父のわき腹は自分よりすこしだけぬるいけど、あたたかい父のふところの温度だった。るい子は父の手を自分の身体の上に置いた。父はまだ目を閉じていてるい子は明かり取りのある天井を見ていた。

父はいつもの父で、とにかくるい子が心配していたことにはなっていない。「ここは気持ちいいよ、ひんやりして」といつも父が言っていたのを思い出した。この部屋と同じ土の中には、二〇メートル向こうの桃の木の下の地下室にマリもムクもユキも……みんないて、眠っているのかいないのか、静かにほほえんでいる。

るい子は父の台の上でまだ脛がチリチリしているのを黙って聞いていた。いつの間にか、かさぶたになってそれがなくなって痛みもなくなってしまうのが、気のぬけたサイダーのように淋しい気がした。「うーうー」とよだれを流す獰猛な茶色の犬には近づいてはいけないと言われていたけれど、近づいていってやっぱり噛まれたときも同じだった。膝の上に犬歯が深く突き刺さり、犬は必死で自分の口に歯を取り戻そうともがき、目をむいてるい子を睨みながら「うぐっ！　うぐっ！」とうなってけっこうまぬけな顔をしていた。またその顔がかわいいと言ってるい子が顔を寄せれば、今度は足の肉ごと引き剥がして、顔の真ん中に牙を立てるだろう。そこの家の人が見つけて、あわてて、近くにあった竹ぼうきの柄で犬の顔をガンガンたたいて、やっと犬とるい子を引き離した。犬の歯はたぶん噛みついた物を放したくてもなかなか放せないようにできているのだろう。飼い主にほうきで頭も顔も思いっきりたたかれてる犬は困ったような情けないような目でるい子を見ていて、るい子は犬のほうに同情したくらいだ。もともと、近づいてさわろうとした自分が悪いのだから。その後もこんどこそとまた犬に近づき、犬に恐がられながらまた噛まれ、るい子は狂犬病の予防注射を何回も打たれた。

夏休みの終わりごろに近くの神宮の祭りがある。るい子は祖母の縫った新しい浴衣の肩上げの仕付け糸を、いつも父に切ってもらう。来年はもう少し背も伸びて大きくなるだろうということで袖を長めに作り、肩に折り目をつけて少し上げる。祖母は毎年必ずそんな浴衣をるい子に縫っていた。何センチか上げている布が立ってこないように、るい子に着せるまで仕付け糸で止める。次の年はまた新しい浴衣を作ってくれるから、肩上げをおろして同じものを着たことがないと祖母に言うと、女の子は肩上げがあったほうがかわいらしいからと言った。そして女の着物の仕付け糸は男が取るもんよと満足げにつけ加えた。だからいつも、父が祖母に小さなハサミを渡されて、るい子の肩の糸をほどく。るい子の祖父はるい子が生まれるものすごく前に亡くなっていた。だから祖母は父に、母以上に自分の夫のように接した。特に人前では、父にああしてこうしてとうるさいくらいに命令する。夜になったらるい子は祖母とお宮の祭りに出かける。子供たちは桃色や青で絵が描かれた小さなちょうちんの中の小さなろうそくに火をともして。るい子は新しい浴衣を着て、新しい鼻緒の下駄は裏側を墨で少し汚してから履かせてもらう。きっと新しいものを身につけて知らん顔をしていると、どっかの神様がいたずらして、コツンと頭をたたくから、みたいなことを言われた。祭りのときには祖母は祖母なりに偉ぶってはしゃいでいる。

小さなろうそくに火をつけて桃色のちょうちんの中にそっと入れる。まるい枠のついた折り畳んだジャバラをそっと立ち上げる。燃えたばかりの芯の匂いと紙の色で、桃色のたましいがここにいるようだった。胸がいっぱいで泣き出したいほどうっとりとした気分になった。細い竹の持ち手をゆらさないように静かに歩くと、るい子はもう違う人になっているような気がしてくちびるを舐めた。

参道に続く夜店を覗くより裏道で暗いところばかりを歩きたがった。そんなとき向こうからボンヤリした桃色の光が近づいてくるのを見て、うれしくなってちょうちんのゆれに用心しながら早足で歩いた。るい子と同じように浴衣を着てちょうちんを持った女の子は髪の毛を着物用に結ってもらって小さな口にチョコンと口紅をつけた上野だった。

上野はクラスは違うが同級生で、お互いひとこともロをきいたことはない。声だけは何度も聞いたことがあった。

上野と目が合っただけで、どちらが先かわからないくらい素早くお互いの身体どうしがかぶりつく。だいたい校庭の手洗い場で蛇口に口をつけて水を飲んでひと息つくと、いつも見えるところに上野がいる。取っ組み合いをするのは土の上だ。そばにいる生徒たちはるい子たちをよけながら水飲み場に並び、心配して先生を呼びに行く子はいない。上野とるい子の取っ組み合いには慣れていたから。

上野もるい子に気がついているのか、しずしずとこっちに歩いてくる。そばまで近づいて上野はぐっとるい子の前で立ち止まった。いつものようにるい子の目を見ないで、自分の提げたちょうちんの火にふわっとあごから照らされながら、ほんのり赤くなって下を向いている。追い付いてきた祖母が「お友だち？　あなた一人で来たの？」と上野に聞いた。上野はだまってまだちょうちんを見ていた。風がるい子の灯りを消した。なんだか負けたような気になってるい子はふくれて上野を見ると、上野はお姉さんのような慣れた手つきでちょうちんをたたみ、るい子に差し出した。仕方なくるい子も自分のちょうちんをたたみ上野のろうそくの火をともした。

祖母は「いっしょに行きましょう、お友だちなら」と言って二人のあとから歩いた。

夏休みが終わって新学期になって学校に行っても、上野とはあの夜以来もう会うことはなかった。るい子と上野の取っ組み合いをいつもおもしろそうに見に来るおしゃべりな女の子が、上野は転校したこと、上野のお母さんが亡くなって、お父さんは仕事の都合で上野を連れて他の街へ行ったことを知らせた。口もきいたことのない上野がいないことをるい子はケガがだんだん治ってなくなってしまう物足りない気持ちと同じように、口の中のキャラメルが味わっていくうちに小さくなり、いつまでもいて欲しいくせに食べてしまう不思議さと同じくらいの別れのように感じた。

少し肌寒くなって地下室はるい子がときどき入るだけで父はもうヒンヤリとした寝台は使わなくなった。地下室は夏は涼しいけど秋になっても冬になってもそんなに寒くはならないとるい子は思う。冬眠の熊やヘビも外が寒いから土の中にもぐる。しばらくすれば自分の体温でこのくらいの広さはだんだんあったまっていくような気がする。日は短くなっても台所に電気がついているから明かり取りの四角い穴からの明かりでここはそんなに暗くもない。家族の声も耳を澄ますと聞こえるし、るい子は父の寝台に仰向けに寝てボンヤリしているのが好きだ。小さな祖母の声にまじって「ぐふう――うぇえ」という音が耳に入ってきた。その音はしばらく続いた。父が泣いているのだ。何度もそんなことはないと思っても、「でもオレは」と父の声といっしょにあの音も続いてくる。やっぱり父は泣いていた。

夕方から祭りのなごりのように花電車が通る。市電の地面より少し高くなったところに駅名の看板が立ててあるだけの駅に立ってもうすぐ通る色とりどりの電球で飾った花電車を家族と待つこともあった。スピーカーからの音楽が大きいので遠くからでも耳に入って、すぐ家を飛び出せば地面を走る電車だからどこかの角で見つけることができる。

もう暗くなって少し遅い夜だったけど、こんど電車が来たら行こうとるい子は身構えていた。こんなに強く決心すれば、遠く離れた音楽も頭の中で聞こえてくるようだ。やっぱりもうすぐ来る。ガラガラと大きな音をたてて玄関を出て一番近い線路まで走った。暗いほど大きく見える電気だらけの光った花電車が目の前を通り過ぎた。るい子は今来た道を戻り家の前を通り過ぎた。道に出て次の左角のつきあたりに光る黄色い花電車の光の影と音楽のしっぽのような名残りを追ってまた次の角まで死ぬほど走った。つっかけて来たゲタの片方の鼻緒が切れ足を引きずりながら浴衣をはだけてうなりながら走った。もうこれ以上追いかけることができない。つきあたりまでの直線を洟をたらしながら走った。

まくら木を縦に使った塀によじ登った。遠ざかる花電車の後ろ姿は光でまるくなり、燃えながら小さくなった。

マスターは電話番号を書いた紙を出した

粘土のように、ぬちゃぬちゃとぬめりがあるせいか、細い竹ぼうきのような趾《あしゆび》を大きく上にあげ、一人で行進してるように見える。白いといっても薄汚れた頭飾りをピョコピョコなびかせている風情がやっと白鷺かなと思う程度の鳥がいた。川といっても水の無い水路で、そのほうがかえってめぼしい餌をつかまえることができるのだろう。

ときどき片足だけで立って、あたりを見まわしまたコツコツとくちばしを土にさす、そんな姿を見ていると、降ってきた命だけで、さっそうと生き死にする無頼漢のようにも見えてしまう。

マスターの店は、こんな中州にできた街の川べりにある。「ジャズを聴かせる店」としてはこの辺では有名だ。店を出て右に曲がるととなりのとなりに街の人たちが建立した「飢え人地蔵」もあって、小さい頃はとなりのとなりの「うなぎ屋」で食事をしたあと祖母は必ずお参りしていたことを思い出した。食べることも飢えた人たちのお供養になると言いながら、けっこうはりこんだ賽銭を放り投げていた。享保の何年か、このあたりにも飢饉があり、何万人かの人が亡くなったのだそうだ。頭を上げてビル群を見れば、今の中州の繁栄ぶりは考えられないことだろう。その時代には、川の水も満ちて、魚も泳いでいたと思っていたけど、何十年何百年かに一度、そんな年がめぐってくるようになっているのかもしれない。

コーヒー一杯で夜中までねばる客がほとんどのこの店は、背の高いしきりが頭の上まであってテーブルの前にやっと身体を入れると音楽と自分だけという空間になった。何か飲み物を頼むときは、横すべりに席をぬけて前方にあるカウンターまで行って「コーヒー」とか言う。長方形のこの店が音楽をのせた電車のように長い旅をしていた。

高津久美子さんのことをわたしはバカにしていた、と思う。だから仲良くなった。店に女の客は少なく、狭い階段ですれ違うとき、高津さんからは油の匂いがした。化粧品のと違う自転車に使うような茶色の匂い。おかっぱに切りそろえた前髪で大きな顔をかくすようにいつも髪の毛をいじっている。赤い頬にいくら口紅を塗ったってよけいほっぺを目立たせるだけなのに、久美子さんは口紅だけはいつもきちんとつけていて薄い唇の紅がとれないようにコーヒーを飲んだ。すれ違いざまに向こうから、「いつも来るん？」と言われても聞こえなかったふりをした。こんな人と親しいとだれかに思われたくなかった。

久美子さんはなぜか、一人だけで笑っているような顔をしている。何かをあきらめて自分をなだめているのか、それともなんでも平気なそぶりを見せていようと決めているのか。

久美子さんがわたしを見つけて手を振っているのが見えたので、入ってすぐのボックスに、人はいたけど、にわか雨をやり過ごすような気持ちで入った。その人は黒い人で、こんな間近に大きな真っ黒い顔を見たことがなかったので、じっと見ると、すごくうれしそうな笑顔で歯がびっくりするくらい白く並んでいた。外国人は英会話の先生しか知り合いがいなかったので英語の学校の教科書の緑色の表紙が目に浮かんだ。なんとなく、ちょっと座らせてくださいというような顔でとりあえず横に座ったら、コーヒーを持ってきたマスターが、いつになく大きな目を見せて、ここでいいの？　って感じで、わたしのコーヒーカップのソーサーを持つ手がニギニギしてるようにとまどっていた。

黒い人は黒人で、くりぬかれた大きな瞳のぐるりには、細いクルリンとしたまつげが並んでいて、わたしの目を見よう見ようとして顔を近づける。わたしが横目でその人の顔を見ると、「あなたの目はきれい」とか言った。でもこのマツゲはつけているんです。だんだんわたしも慣れてきて、聞こえるジャズの中にとなりの男のアイスクリームのようなぬるい匂いも悪くないと思いはじめていた。これだったら外国の電車だ。

後ろをちょっと向いてみると、久美子さんは椅子から腰を浮かせてこっちを見ていた。早くこっちへおいでよって首も前後に振っている。わたしは無視した。「お友達？」と聞かれたけど、「ノー」と言った。

真っ暗な埠頭にタクシーが止まり、ヘッドライトが黒い海の上を照らした。こんな暗い中でタクシーを降り、照らされてる海に入って行くような気がして、黒い人がお金を払っているあいだ何も考えないようにして、待っていた。支払いを終えて夜の中に立ってわたしを待っている黒い人の明るい二つの目が透きとおった未来を見つめていた。よろよろと降り立つと、海の上に見たこともないような未来からの船の電車が座っている。ボンヤリとした霧の中に。でもハッキリと明るい小さく区切られた窓が横一列に並び行儀よくわたしを待っていた。おとなしい巨大な生き物のように。

ぬらりと重い力を秘めて永遠の大きな背骨のような海の上に、けっこうあっさりとした顔をして大きな船があった。

振り返ると二つの目がトーン、トーンと点滅している。タクシーがUターンせずにまだ止まっていて何か忘れ物でもしたのかと走って近づくと、運転手が窓を下ろして「あんた、あの船に乗るの？」と言った。「中を見せてくれるって言ってるから」「あんたあんなものに乗ったら、どうなるんかわからんよ、どこでどうされたってわからんようになるんやから」。口を動かさない押し殺した声で運転手さんは前を向いて言った。

わたしは狭い船室を案内されながら、やがてベッドの上に座り彼が近づいてきて押し倒される。たぶん、ボーッ！　という大きな汽笛が明け方聞こえ、疲れたままのわたしはもうどうすることもできず、どこかの国に運ばれてしまうだろう。

後ろのドアが開いてわたしは言われるままにまたタクシーに乗り込んだ。車はUターンしながら来たときよりもスピードを出して走った。振り返って見ると、大きな船の絵を背景に黒い人が両手を広げて、映画で見る「なんで?」っていうジェスチュアーをしていた。すぐに小さなおもちゃのようになった船と黒い人影を見ながら、船の切符のことを考えた。十枚つづりにポチポチの穴の空いた、注意して切らないと紙芝居で買う切り抜き飴のように破れてしまう市内電車の切符しか知らないので、切符はどんな物なんだろうと家の近くに着くまで思うようにした。運転手の言ったことをそのまま受け止めるともっと胸がドキドキして、もう少しでさらわれるところを助けてもらったような。「ありがとう、ございました」とわたしが言うと、「良かったよ、本当にあぶないとこやったよ」と言った。その言い方が、高津久美子さんにあんまり似ているので、バックミラーを背筋を伸ばして覗くと、運転手も首を伸ばすようにしてわたしを見ようとした。

春になって、好きな人が遠くへ行った。いつも別れる駅より二駅中心部に近い大きな駅に送っていった。列車はあっという間に行ってしまい、それまでいろいろ考えてた、別れの悲しさや涙は間に合わなかったので、歩いて家まで帰ることにした。こんなとき二つの足は自然と勝手に歩いていくものなんだなぁと自分のつま先を見つめながら歩いた。川すじの柳に沿って歩いていくといくつかの石橋を渡り、またアーケードの中を歩く。蛍光灯の光がこんなに目にまぶしいのは泣いているのかなと思った。顔をさわっても濡れてないから、誰に見られても平気で泣くことができた。

あの人は、柔らかな匂いがする。寒いときなんか、セーターのぬくもりの中にうでをすべりこませると、フワッと日焼け止めクリームのようなすべすべの匂いが来て、わたしは何度も冷たい手をあの人のセーターのすそから入れていた。わたしたちの肌全部がぴったりくっつくともっと濃いクリームになった。そんなことと別れるのが一番つらいことで、こすりあわせる肌をなくしたような淋しさだけがわたしの身体じゅうをかけめぐる。百歩歩いてはまた打ち寄せる波のように肌を思った。

何度も川に行きあたり、あの薄汚れた白い鳥をさがしたけど、満ち潮でカモメの群れが空に低く飛びまわってるせいか見つけられなかった。白鷺はいつも一羽で堀の壁ぎわにいる。遠く離れたところにもう一羽見つけたことがあるけど、あんまり関係なさそうでお互いの縄張りには入って来られないのだろう。

「リバーサイド」に行ったら、また高津久美子さんが手を振ったので、客はまばらで空いている席ばかりだったけど、わたしはすんなり一番奥の彼女のお気に入りのボックスに入った。

久美子さんはタバコの箱のおしりを指でポポンとはじいて小さく切った銀紙の穴からマイルドセブンをたたき出した。「吸う《すう》ね？」とわたしにも箱を渡し、吸ったそばからすぐ灰皿の上で親指をせわしなく動かし灰を落とそうとする。うつむいて灰皿を見ている久美子さんのマツゲは直角に下を向いていて、目を上げてわたしの方を見ても下を向いたままで目のための傘をさしているようだ。わたしはタバコを大きな息でくゆらしわざわざ横を向いて煙を吐きかけた。丸衿の白いブラウスの衿に子供と犬がボール遊びをしている小さな刺繍が見えた。お腹に横じわができるいつもの毛羽立ったウールの大きなチェック柄のタイトスカートはたぶん初めて久美子さんを見たときからおんなじ物だ。一人がやっと昇れるくらいの急な階段を昇っていく彼女の後ろ姿を下から見上げると、スリットの境目からガードルの股《もも》のところがチラチラ見えた。

　店の前の道で久美子さんにバッタリ会ったときの立ち話でもすぐスラスラと自分の説明をする彼女の話はどうでもいいことばかりだった。街から少し離れた工場の経理をしていること。そのための資格を持っていること。なんかむしゃくしゃするときは一人で街へ出て気晴らしをすること。おまけに、父親が工場で働いていたとき機械にはさまれて両手の親指がなくなって、でもネクタイだけは上手に結ぶことができるそうだ。そのわけは母親が手を加えてネクタイの結び目のところを作りつけのようにみんな変えてしまったから、と、びっくりするようななぞかけでも話してるように最後には両手を打ってわたしに笑いかけた。「ネクタイしめてるの？　お父さん」と仕方なく言葉を繰り返すように言うと、「それから、仕事もやめてネクタイはいらんようになったけど、ときどきお客さんにネクタイの説明するときしてるんよ」と言ってまた笑った。あんまり大声を出してがんばって笑っているから、小さな目に涙がたまった。そんなことを笑って人にしゃべる久美子さんをわたしは変な人だと思った。

　マスターが二人分のコーヒーを運んできた。「わたしはたのんでないから」と久美子さんが言うと、「サービス」とマスターは真面目な顔で言った。久美子さんはめずらしく無愛想に空いた自分のカップをわたしの前に突き出してマスターに渡した。

マスターが消えるとチィッ！　と小さな音を出して久美子さんが笑ったような気がした。こういうサービスを受けると久美子さんの自尊心が許さないのだろう。わたしのカップの横に並んだ二つの角砂糖を指して「これいらんやろ、いつもブラックやね」と自分のとあわせて四つの白い四角を小さなカップにつぎつぎに入れて、いっしょうけんめいかきまぜていた。

いつまでもぐるぐるまわす久美子さんの手を見ながら、わたしはついこないだ見送った人のことを話した。二時間かけて駅から家まで歩いたことが一番の話題だったが、その人の肌のことも少しだけしゃべった。

その人が待つふとんに入る前に鏡を見るのが好きだ。鏡の中のわたしは泣く寸前の顔のように目ぶくろが赤くふくらんでいる。寒い日は特に身体にたまった熱が煙のように蒸発してはだかを映している鏡に自分の輪郭だけが映った。持って来た香水を少しだけつけることもあった。走って夜の海に飛び込むようにつるつるした堅い魚に抱かれた。

しばらくわたしの話を聞いていた久美子さんはキョトンとした声で「ヒニンハシトン」と言った。「赤ちゃんできたら困るでしょ、ちゃんとしてもろとん?」。たぶんわたしの身体はまだおとなになりきってないからそんなこと心配しなくていいと自分勝手に思っていたので、「ヒニンハシトン」ってどこか外国の地名のように耳に聞こえた。

別れた人はいつもその時、陸に無理やり上がってきた魚のようにわたしの上でピョンピョン身体を叩き付けるようにくねらせ、苦しそうに顔をゆがめて、自分をいじめているようにわたしの中から離れた。死んだあと静かな波の海がめぐってきてわたしたちは波間をゆらゆらただよっていた。このままずっと遠いところまで流されていってもいい。「かわいそう」とわたしが言うとその人は「愛しているから」と答えた。

「ヒニンハシトン」を無視してわたしが他のことを話しているので久美子さんはゴソゴソとバッグの中に手を入れてさいふを出そうとしていた。わたしのコーヒー代も払っていくからと言って、紙切れをついでのように見せた。茶色い薄紙のこの店の伝票の裏に電話番号がななめに並んで書かれていた。わたしはすぐわたしももらったマスターの電話番号の紙だとわかった。わたしが黙っていたら、久美子さんは「こんなことしよるんよ、マスターは」とまたそれを二つ折りにたたんでバッグの中のファスナーのある小さなポケットに入れた。

カウンターとドアの間に腰から上だけのベニヤ板の壁があって、のっぺらぼうだけど口だけ分度器のようにくり抜かれて空いていて、会計はそこに客が伝票とお金を入れ、おつりを返されて出て行くシステムだ。

久美子さんはマスターに電話をしたのか分からない。わたしもしてないけどなぜだかマスターの紙を捨てないで持っている。手の汗で湿って、もうすぐ消えてなくなりそうな切符のように。

みずいろ

漁師小屋の細い路にいつものおじいさんがしゃがんで網を膝の上にのせ、木で出来た糸巻を手の中にかくして、その先の鉤針をチクチク動かして網の修理をしている。

るい子はいつもだまってその前にしゃがむ。どんなにいっしょうけんめい目をこらして見ようとしても、細すぎる糸はどこをどうたどって網の目に入っているのか、大きな太陽に焼き尽くされたおじいさんの銅色の手の中ににぎられた独楽を細長くしたような道具だけ、チクチクと動いている。修理をしていると、おじいさんが前に言ったので網の修理なのだろう。いつもそばにねそべっている黒犬は後ろ足をあげて、赤く尖ったチンチンを、いっしょうけんめい舐めている。

夏休みも終わりに近づいてシャバンシャバンと打ち寄せる波の音に乗って、赤とんぼが上ったり下ったり、おとなしい風にまかせている。

おじいさんはしゃがんで懸命に手元を見つめるるい子に、いつも言う。「だいじなモモの見えとるじゃー」って、はじめはなにを言ってるのかわからなかったけど、しゃがんだるい子のスカートの中のパンツの股が見えてるという意味だった。

おじいさんの目はなんでもよく見えた。少し離れて波をのぞきこんでいると、「頭から落ちるぞ」とるい子にいつも注意する。でも目の中には空が映っている。海の青より、薄いほんとの空色が両方の目の中に入っている。目の玉がないのに、るい子のことをなんでも見えているふうに言うので、一度ためしてみるつもりでるい子は、おじいさんの痩せた裸につけたふんどしのところを見た。黒犬とはちがったチンチンが横から覗くように見えていた。おじいさんは「女子はそげなもん見たらいかん」と言った。

夕焼けになったら、海水浴客が帰ったあとの砂浜を、おじいさんは黒犬と散歩する。おじいさんの少し前をピョンピョン跳ねながら走っている黒犬は、このごほうびを待っていたんだなあと思うほどはしゃいでいた。太陽がもう少しで地平線にかくれようとしていた。濃くなった茜色が、腰を先に出すように歩く影絵のようなおじいさんと吠えながら振り向く黒色を最後まで見とどけていた。

祖母と母、るい子と三人でデパートに行く。いつも定期的に、新学期が始まる前に、洋服や世話になった人への贈り物を買いに行くのだ。るい子は人込みの中を歩くのも、大きな建物の中へ入るのも嫌いだ。とても恐ろしい気がする。デパートのある駅で電車を降りて、今から入るデパートを見上げると、首をどれだけ曲げても空が見えないくらい大きな建物が見えて、手を引かれて歩いても宙を飛んでいるようで、まわりの音が何も聞こえなくなるくらい恐い。母のスカートをあまりの強さでにぎるのでいつも母から「引っぱらんと！」としかられた。母は身づくろいしてまたるい子の手をにぎった。食堂に行って早く平べったいおさじで食べる銀色の容れ物にのったウェハースのついたアイスとお子様ランチか、オムライスを食べたいだけでついて来ているのに。

買い物をひととおり終えてトイレに行こうと祖母が言った。るい子の用をたす助けを母がして、るい子が個室から出てくると、祖母がるい子の手を引っぱった。手も洗わなきゃいけないし、母がまだ中にいる。祖母はいつもとちがっておこっているように目がつり上っていて、はよ！　はよ！　と言いながらるい子を引っぱって、トイレから外に出た。「お母さんが」とるい子が泣きそうな顔で言っても、「あとから来るから」と言って、大急ぎでエスカレーターのところまで走った。

それから祖母と電車に乗って来た道を帰ったのか、タクシーで帰ったのか、いくら思い出そうとしてもるい子はまったく思い出すことができなかった。ただ、玄関を見ていると「ただいまぁ」と母がどっこいしょって言うような静かな声で帰ってきた。なんにもなかったように。だから、あたりまえのようで思い出せなかったのかもしれない。

学校でも、るい子はいつも迷子になった。平屋の幼稚園とはちがって大きな校舎だから、そんなことあたりまえだと思うのはるい子だけで、同じ教室が並んでいてもだれも迷子になった子はいない。他の教室の自分の机だと思う場所に座っていて、まわりを見渡して、廊下に出て、自分のいるべき場所を見つけなければならない子供はるい子だけだった。保健室で待つるい子を担任の中村先生が迎えにきた。中村先生はやさしい笑顔で、表情のない白く黄色い蠟でできたような肌の、細い目の保健の先生に「まあ、まあ、どうも」とあいさつをして、るい子を引き取りに来た。中村先生は、るい子の唇がカサカサで荒れているから、お母さんからはちみつをあずかっていたけど、給食の時間になると、自分のパンにるい子のはちみつをつけてニッコリとるい子に向かって笑いながら大きな口をあけてパックリとパンを食べるのだ。るい子は中村先生のそんな感じが好きで、先生と言わないで何度も「おばちゃん！」と言って皆に笑われた。

父も中村先生に言われると何でも言うことを聞いていた。教室のカーテンの具合が悪いとか、レコードプレーヤーの調子を直すために、るい子のいる教室にときどき姿を見せた。学校は家から歩いてすぐなので、いつもの作業ズボンに開襟シャツに帽子をかぶった父が来ると、るい子は恥ずかしいようなうれしいような気持ちになった。中村先生がいつもよりいちだんと笑顔になって声を張り上げて、父のことをよろこんでいる様子を見て、だまって一人うれしい気分だった。先生はるい子のお父さんだということを言わなかった。

るい子の住む町は、海のそばだから、今もおじいさんのような漁師がまだ少しいて、昔は漁や海苔の仕事をする人たちの町だったらしい。寒い冬、熱を出して母におんぶされて、近くの病院に走る夜、黒い塀の前で、頬かむりをして口まで隠した女の人たちがコッ、コッ、コッ、コッ、牡蠣を割っている音を何度か聞いたことがある。熱の中でうなっている頭の中にコッコッが入ってきて、母の走る速度といっしょになってあえいでいる息がフゥッ！ と白い大きな息になって、黒い夜の黒い塀の前に一列にならんで手を動かしている顔のない女の人を恐いけど親しい味方のように思った。そんな夜だけコッコッの音がした。

近所に「海浜アパート」というアパートがあった。玄関の上には「海浜荘」と大きな看板が掲げられていたけれど、みんなはアパートと呼んでいた。靴のまま入口を入ると木の床が音をたてる。廊下のところどころに窓があって、黄色や赤色や緑色の鳥や舟の形のガラスが嵌められていて、陽があたると、ドアや壁に写し絵のようにゆらいだ舟や鳥が見える。靴のままトントン上がっていけるこの家が好きで、るい子は毎日その中に散歩に行った。顔見知りも同級生の子もここにはいなかったが、るい子より二学年上だという、ジュンさんがいた。知り合いというわけではないけれど、ジュンさんは近所では有名でだれもが彼女を知っていた。というか、彼女のうわさをしていた。

るい子より二つ上といってもジュンさんは、るい子の母より背が高くて、太り過ぎで自分の肩に手がとどかなくて貼り薬を貼れない祖母より大きな身体をしている。だから、どこにいてもすぐわかった。近所の大人も子供もジュンさんのことをおもしろがっていて、祖母はるい子に「あんなのに近づいたらいかんよ」と何度も言い、まるで怪物あつかいだ。「なんで?」と聞いても、なんとなくごまかしたふうに「もう、あの子はおとなやけんね」と、るい子には納得のできない答えをくり返す。

ジュンさんは、身体に見合った大きなオッパイをゆさゆささせて、身体には小さくなったまんがの絵のついたシャツを着て、みじかい膝下までのズボンをはいて、胴のとまらないところは、着物の紐のようなもので縛っている。妹も弟もいない、たぶんるい子と同じひとりっ子だから、小さい子のものを着ているのではなくて、彼女のものが勝手に小さくなってしまったのを怒りながら身にまとっているように、グングンと一点を見つめて歩いてくる姿が、まわりの大人たちにはかわいくない恐い子供と映るのだろう。ジュンさんのまわりにはいつも海浜アパートの小さな男の子たちがお尻にくっつくようにとりかこんでいて、時々ジュンさんはハエをたたくように坊主頭をピシャ! っとたたきながら歩いていた。男の子たちは何度ピシャ! っとやられても笑いはしゃぎながらもっと元気になって飛びまわり、またハエが止まるようにジュンさんに寄り添っていた。

「○○ちゃーん！　ごはんよー」って呼ばれた子たちが帰って一人になったるい子は、学校の中にある幼稚園に入った。小さなブランコ、小さな砂場、小さなウンテイ、そしてすべり台。少し前までは安心してここにいた場所。るい子の通った幼稚園はもっとはなれたところにあったけど、なんだかここにいるとホッとした気分で、ボンヤリすべり台のほうに歩いていくと、すべり台と同じ大きさのジュンさんがむっくりすべり台の下から出てきた。じっとこちらを見据えて両腕をたらしている。るい子はワッ！　と言いそうになった声をのんで、肩をこわばらせた。ジュンさんの目を見ると笑っているようなやさしい、これから起こる楽しいことを待ちかまえているような、うきうきした顔をして、笑い出したいのをこらえているように、るい子に顎を二回突き出して、もっとこっちに来るようにと呼んでいた。なにをされるかわからない気持ちと、もうこうなっては逃げられないだろうという観念でジュンさんにそろりそろりと近づいていった。「まっとき」と、ジュンさんはるい子が前まで来るといなくなった。

ジュンさんはすべり台の下から持ち出した箱をかかえて、もっとるい子に自分から近づいた。おばさんがおみやげに持ってくる、もなかの菓子箱を胸に抱いて、るい子の目の前で紙芝居のようにそっと蓋を少しずつすべらせながらジュンさんの胸も上下にゆれてドキドキしている。飛び出してしまうちょうちょうか鳥でも入っているのかと用心しながら手を添えて中をのぞくと、〝小さなニンジン〟〝小さなダイコン〟〝小さなホウレンソウ〟〝小さなナスビ〟るい子の手のひらにのるほどの小さな野菜たちが、きちんと箱の中に並べられていた。こんなの見たことない、どうしたの？　とか、そんなこと聞けないくらい、ジュンさんの目は生まれたばかりの子犬を抱くときの人のようにやさしくうるんでいた。さわりたくてもジュンさんの腕に抱かれた野菜たちは、きちんと寝かされていて、起こしてはいけない時間の赤ちゃんたちでいる。何の野菜か言えないほど、箱の隅の野菜は、もう夏も過ぎて、先のほうが茶色に乾いていた。

「お父さんの、声がする、呼んでるよ」

とジュンさんが言うまで、すごく長い時間るい子は野菜たちを眺めていた。ジュンさんとるい子のまわりはあっという間に暗闇が広がり、まだ黒くは見えない濃い青色の空にむくむくと黒い雲が湧いている。だけど、家からこんなに離れた学校まで、お父さんが呼んでいる声が聞こえるなんて、ほんとにそうなのかなと、るい子はけっこうゆっくりしていると、ジュンさんは「ほら、また、呼んでるよ、かえらな」と言ってくれた。もう逃げられないと思った相手がそんなふうにしてくれたらもっとゆっくりここにいられる安心な気分だ。ジュンさんはるい子に背中を向けてあきらめたように、すべり台の下の土を掘りはじめて、るい子は家に走って帰った。

〝せっかいの日〟。るい子も家族も、るい子が手術した日のことをそう言った。夏休み中、近くの歯医者に通っていたのに、左頬からその下の首の区別がつかないほど、パンパンに腫れ上がり赤く熱を持つ唇は食事をするために少し開いただけで頭までドクドクと波打つ。痛いというより、熱い風船を顔にぶらさげて、その中に入っているたぎった湯をこぼさないように右にかたむけてそろりそろりとやっと歩いていた。「痛くない、平気」と何度もるい子は言っていたが、頭は朦朧として静かに縁側に腰かけて足をぶらぶらゆすっていた。こうすると少しはもやーんとした感じがまぎれるのだ。庭で長靴を履いた父が鳥の餌を運んだり、小さな腰かけに座って薪をエイッ！　って声を出して割るのを、ボンヤリ聞いていた。父の脇には赤と黄色とだいだい色のカンナが大きく伸びて、堂々と父を見下ろしている。いつもこの花を見てるい子は思う。こんなに大きな、はっきりとした色をつけて、たくさんで庭に立っているのに、だれも、きれいだとかかわいいとか何とも思ってないのが不思議なことだということ。びっくりするような黄色や赤の花を切り取って花瓶に差す人はいないんじゃないかと思う。そばにコソコソ咲いている、ちぢれた花か肉片かわからないような花をつけた鶏頭《ケイトウ》は、祖母がときどき仏壇用に切っていた。

カンナの中に入っていたるい子に「おい」と父の声がした。るい子の頬に手を当てて、そのまま歯医者に運んでいった。いつもの先生はるい子を見てすぐ、大学病院の紹介状を書いた。書きながら「電話しますから、すぐ行ってくださいよ、これからすぐにね」とせかせかした言葉で言った。

「すぐ、せっかいをします」。大学病院の石井先生が言った。

父とるい子はずっとだまったまま、叱られているようなかっこうで先生の前に立っていた。歯医者の治療台にも座らないうちに、部屋に入ってきて、るい子の顔を両手でさわっただけですぐ「せっかい」と言ったので何も言うこともなかったのだ。石井先生のふっくらした手のひらはやわらかくて、黒縁のメガネの中の目は大きくクリクリしている。るい子は動かない顔で笑った。

冷蔵庫の中のように寒くて、つるつるの壁がピカピカ光る部屋の隅に立ったるい子の前に父はしゃがんで、夏じゅうはいて人形の絵がうすくなった大好きなスカートの腰のゴムをズルリ下ろし、るい子がスカートの輪の外に足をまたぐと、もう一度るい子のパンツを足首まで下ろした。慣れない手つきで、ブラウスのボタンがなかなかはずせない父は目をふせて乾いた唇をピクピク動かして、何か言うのかと思ったけど何もしゃべらない。両手を父の肩にのせて、ズックでパンツをもぎ取るように、るい子は父を手伝った。こんなに寒いのにはだかになって大丈夫だろうかということだけは聞きたい気がした。

大学病院はずいぶん昔の建物で、背の高い窓には旗のように風にはためく白いカーテンが掛けられ、ベッドに寝て遥か遠くの天井を見るとプロペラの扇風機がゆっくりと動いている。病室には六つのベッドがあり、るい子を入れて四人の子供がいた。るい子には祖母が、他の子は母親が夜はベッドの下から低いベッドを出して眠る。何も食べてはいけないので子供はみんな上の歯と下の歯を針金のようなもので縛って閉じられていて、話すときは喉と舌だけで音を出すので、変な音だ。慣れた子は腹話術のように上手に話して、みんなをギィーギィー笑わせていた。はじめはスープやジュースを歯の隙間からすすり、だんだん歯の隙間を大きくしてもらい、少し形のある食事を出されている子もいた。るい子は顎から開けた穴の中のガーゼを毎日取り替えるとき痛くて声が出せないぶんあばれたが、消毒液の匂いと石井先生が一緒になってガマン出来ると思った。退院するときはあの液を持って帰りたいと思ったほどだ。

家に帰ると母がジュンさんが何度も訪ねてきたと言った。入院しているとき祖母がジュンさんは一緒に住んでいたおばあさんとお母さんのいる街へ行ったと言っていたので、るい子は少しホッとしていた。毎日ジュンさんはすごい剣幕で裏木戸を開けて台所の前で家の中をのぞき、るい子を探していたそうだ。るい子は地下室に置いた小さな野菜たちの入った箱を思った。もうカサカサに干からびてただの枯れ草になっていて、そのままポイと捨てるだけの箱。

すべり台の前に立ったジュンさんの大きな目の中の茶色の瞳の中には、黒犬のおじいさんの空色よりもっと濃い青があった。

1－1－19

1の1の19には、たぶん歩いてでも行けた。一時間以上はかかるだろうけど、ゆっくり、その人のことを考えて、楽しめば、あっという間だ。でもタクシーに乗った。わたしがとつぜん現れて、びっくりさせたいのと、まだ昼間のムレた日射しが残る九月に、どうしても歩いて行って、汗だらけの顔を見られたくなかったので。

教わった信号で車を降りて、立っていた。少し秋めいてきたまだ早い夕方、両側の公園にはさまれて歩く。道にはだれも歩いている人はいなくて、道路の向こう側から白い馬に乗った人が静かにこちらに向かってきた。もう少し歩けば彼の住んでいるところまで行けるので、少しずつにじみ出る顔の汗をハンカチでおさえながら、立ち止まって、白い馬を待っていた。間近に来た馬もその上に乗っている女の人も見上げると思っていた以上に高い位置だ。わたしの横にあった門から、ゆっくりと中に入っていってしまった。目を向けるとすっきり西の空が見えて、うろこ雲を夕焼けになる前のうすい青桃色が染めようとしていた。うちから富士山が見えるときがあるよと、その人は言っていたので、空の隙間の多い方向に歩いてみることにした。

低い位置に顔があるからたぶん車椅子の人だろうと思いながら、少しずつゆっくりと近づいていった。その人が近くに来たのでわたしは1の1の19を尋ねた。車椅子の男の人はよし来た！　という感じにすぐに車椅子をUターンさせて「こっちですよ」と笑顔で言った。

タクシーを降りてから、どっちに行こうか迷いながら、ほんとに訪ねていってどうなるのか、住まいだけでもちょっと見て帰ればいいとゆるゆるした気分でいたわたしに、また「こっち、こっち」と車椅子の人は、わたしを連れていこうとしてくれる。そんなに積極的じゃないんですと言いたかったけど、どんどん行ってしまう速い車椅子に走るようについていった。歩く途中、身障者〇〇園を通り過ぎたので、この人は帰ろうとして少しそこから離れたバス停のところまで来たんだなと思った。もっと散策しようとしていたのかもしれない。「すみません、もうさがしてみますから、大丈夫です」と言った。彼は四角い顔にずっと笑顔のままで、頭から汗が流れているけど、明るい声で、「もうすぐ、こっち」と言って左角を指さして、くるりとまたUターンして、後ろ手を振って行ってしまった。とってもヒマな人が会った人に自分なりの親切をしてると思っていたわたしは恥ずかしかった。「ありがとう！」と大きな声で言った。独り残されて、それも恥ずかしいことだった。その人が教えてくれた左の小道を入って、すぐ右側に三階建ての白いマンションが見えた。そして三階まで階段を上ればその人がいるはずだ。待ってるとさっき電話で言ったばかりだから。

今でもしょっちゅうその道は通る。でも、いつも車を運転して横を通り過ぎているだけ。だけど、西に向かって走る車のタイヤは、道を教えてくれた人と会ったところで必ずゴトン！といった。たまにはゴットンと強い衝撃がわたしのお尻に伝わることもあった。長い間左目でかすめ見るだけだったマンションは、通りをへだてたすぐ奥にあるはずだった。

ゴトン！の前から左目とお尻はいつもそれを予感して宙に浮いて、身がまえている。ゴトン、ゴットンのことを不思議に感じて、少し前からブレーキを踏みながら前の道路に目を凝らして通る。何の障害物もない、それに、道はこれまでに何度も舗装されているだろうに、やっぱりゴトンとわたしの下で何かを轢いたような、ネコのしっぽでも轢いたような動きが必ずやってくるのだ。

運転がまだヘタなとき、ほんとうにネコのしっぽを轢いてしまったことがあった。コンビニの前に、めずらしくピッタリ縁石に沿って停めることができた車を発進させようとしたとき、「ギャャーアー」というけたたましい声が車の下でした。そのときコットンという、タイヤがやわらかい物、タオルを巻いて筒にしたような物を乗り越えた感じが足の下でしたのだ。ギャャアーという声はまさしくネコだと思ったので、わたしはエンジンを切って車から飛び出した。飛び出したときもギャャァーと泣き声をさせてどこかへ遠ざかっていくネコの声がした。その方に走って追っかけていった。あかりのない住宅地まで行くと暗く静かななかに、ウググという声が聞こえた気がした。どこかに隠れているんだろうか？　わたしが轢いたと思うと、どうにかしなくてはという気持ちと、そんなネコはぜったい出てきてわたしの助けは求めないだろうという、半分あきらめた気持ちになった。「ミーちゃん」「チュッチュッ」「おいで、おいしいよ」とか、思いつくかぎりの、やさしいおべんちゃらを言いながら、アパートの室外機の裏や、駐車場の車の下を見て歩いた。車が駐車違反にならない程度の時間うろついた。ネコはそういう生き物だからしょうがない。キズついていればよけい出てこない。という気持ちで今度はそろっと車を発進させて帰ったけど、今もそのコンビニの前を通ればネコのしっぽを思い出してゴトンと音がする。

　手前のマンションの半地下になっている駐車場を抜けると白いマンションが今でも建っている。もう雨だれのような黒いすじが縦に入って白がグレーに変わって、まだ今もあることがめずらしいくらいだ。わたしを案内してくれた車椅子の人の身障者施設も宅急便の地区本部になって、そのとなりには、大きくて値段の高そうな老人ホームが建っている。老人ホームには見えないホテルのようなこの建物に、わたしは友人に呼ばれて入ったことがあった。高い天井の暖炉のある応接室で白い手袋をはめた黒服の男の人が、飲み物は何にしますかと聞きに来た。ここを見学に来た知人を待っていると言うと、あとずさりながらドアに消えたので、こんな所にいる老人はものすごく偉そうなのかなと思った。だけど絵の中にいるような室内が人をバカにしている感じで、よっぽど人の好い人たちなのかも。さっきの黒服に尋ねたら、ここもとなりの宅急便も施設のあった場所だと教えてくれた。

白いマンションに住んでいるときは、早朝遠くまで見渡せる西の空を背景に白い馬が道路をポクポクとゆっくり向かってくるのを待つことが出来た。馬のいる公園は昔のままなので今も朝の散歩をしているかもしれない。白い馬に乗った人がこちらへ向かって歩いてくると、何度見てもびっくりする。遠くにボンヤリかすんで見える富士山から来た人ですかというくらい、白い馬は後ろの富士山と重なって見えた。

その白いマンションがまだ白かった頃、わたしは四年間そこに住んでいた。住んでいたなんて感じはあまりなくて、飼ってはいけない、犬かネコが隠れながら入り込んでいたような。それほど足音をしのばせて、コッソリといた気がする。どうして息を止めるようにしていたのだろう。

もう壊される寸前のようなマンションの敷地に入った。駆け上がるように階段を上る。あの時と同じような息をして。

何軒かはまだ住んでいる人がいるみたいだけど、もう時間の問題なのだろう。よごれたコンクリートが「おかえり」と言ってわたしの足元を受け止めている。三階のまんなかの部屋の前のドアノブにさわったら前と同じ手の感覚がもどってきた。

雨が降っていても、雪がちらつく日も、もちろんカラリと晴れた天気の日も、となりの黒沢さんの御主人はマンションの廊下の手すりにふとんを干した。そして二時頃になると決まってボン！　ボン！　とふとんをたたく。だからその音を聞くと、もう二時頃かと思ったくらいだ。となりの家族の顔はめったに見たことがなかったけど、ピョン！　ピョン！　と小さな手でふとんをたたいている男の子を見たことがあった。やせて色黒の男の子は背伸びをして棒のように細い腕を振り廻しながらふとんをたたいていた。帰ったわたしがドアの前でしばらくながめているのも気づかないくらい、首と手を伸ばして、向こう側へ垂れ下がったところも頭から落ちそうなかっこうで必死にたたこうとしていた。わたしが「ぼく、お父さんは？」と聞くと、「いまお仕事でいないんです」とはっきり行儀のよい言葉づかいで言った。わたしはいつも不思議に思っていたことも聞いてみた。「お母さんは？」

「お母さん病気で入院してるんです」とあっさりぼうやは答えた。黒沢さん、ぼうやのお父さんはいつもマンションの庭に面した管理人が植木の水やりなんかに使っている水道で食器を洗っている。蛇口の下の長四角の受け台に、茶わんや皿をきれいに並べて、ステテコ姿でしゃがんで洗っていて、階段を下りるときその横を通るので、何をしているのかまだわからずに「こんにちは」と見たら、コップや茶わんをきれいに重ねて、まだ泡のついた手を動かして小鉢を洗い中だったのでびっくりした。家の台所で普通やってることをこんな外の水道であたりまえにやっている人が！

まさか水道代がもったいないだけで、人に見られてびっくりされることをやるわけない。黒沢さんは大きな映画会社の有名な監督さんだって話は管理人の前田さんのおばあちゃんから聞いていた。喜劇映画のシリーズを何本も撮った人で知らない人はいないよ、と前田さんが言った。わたしもそのシリーズは小さい頃から観ていて、そのことと外の水道とは決して結びつかない黒沢さんの行動がわからなくて、いつもとなりの黒沢さんに注目していたのかもしれない。

この白いマンションにいる間、わたしはどろぼうのようだった。彼が出かけるのを待って、それまでベッドでまだ眠っていたうす目を開いて立ち上がり、少しずつ引き出しを開けて中を見た。ドキドキしてドアの鍵を閉めてまた引き出しの中にある物を引っぱり出してながめていた。きれいなすっかりおとなの女の人がカメラに向かってポーズをとった写真を見つけた。ショートヘアーの女の人は自信たっぷりにおちついてこっちを見ている。「この人はだれ」と彼が帰ってきたら聞いてみようと思っていても、彼の笑顔を見れば絶対そんなことは言えない。しあわせって言葉では知っていたけど、看板に書いた幸福という字みたいにしあわせが目の前にあったから。

わたしの知らない彼のこと、今までのことがわたしのものにならないとしても、彼がいないとき、少しずつ何度もたんすの中の匂いや、古い手紙を読んで彼を待つのが習慣のようにやめられなかった。

郷里から母が来て何日か泊まった。母は彼の前で羽織の手をそろえてあいさつした。父には少し前に彼が手紙を書いていたので、もう腹を決めるしかないというような覚悟の様子で、「変わった娘ですけど、よろしくお願いします」と言った。そして何の意味かわたしには分からなかったけど、「落語の本もたくさんあっていい人なのね」とわたしと二人になったとき言った。

留守番をしていた母は、はりきった声で「天ぷら、揚げといたから、食べようね」「それに、大変だったの、ガスコンロの調子が悪くなってとなりのおじさんに言ったら、すぐ来てくれて」。それから天ぷらをとなりに持っていったと言った。わたしはびっくりして、「なんて言ってたとなりの人?」と聞くと、「ありがとう、いただきますって、すごくいい方ね、おとなりの御主人」と言った。ピンポンとチャイムを鳴らせばドアを開けるような黒沢さんじゃないと思っていた。でも母は天ぷらを持って二回も平気で訪ねていた。

管理人の前田さんのおばあちゃんは、多分そうとう母より年上だったけど、いつも真っ白いおしろいをつけて赤い口紅をしていて、年下のおじいさんと住んでいた。ここは自分の親戚のマンションなので自分のもののように話し、だからおじいさんがおとなしいのは当然なのだと言って、母の年齢を聞くと自分は少し年下だと言ったそうだ。「びっくり、そんなことあるわけないのに」と母が言っていた。そして、となりの黒沢さんの奥様は気持ちの病気で、入退院をくり返しているそうだ。だから、「ぼうやがかわいそう」ということまで聞いてきた。

食器を家の中で洗うことができない理由がわかったような気もした。ふとんを毎日干していることも。ボン！　ボン！　ピョン！　ピョン！　親子でふとんをたたくことも。

男の人といっしょに住んでいる娘のことを心配してやって来た母は、半ばわたしとその人との関係をあきらめたように、となりの黒沢さんや前田のおばあちゃんが良い人たちだったことを何度もしゃべりながら帰った。黒沢さんがすぐ来てガスを直してくれたこと、お礼に天ぷらを持っていくととても礼儀正しかったことを、東京駅までの山手線のなかで言い続けた。そしていつものように、東京駅が近づくと、バッグに入れたさいふの札を人さし指の先でさわりながらほとんどの紙幣をわたしに渡した。いつも通りのことだったのでわたしも少しホッとしたけど、母は彼とわたしと大好きなそばを有名店で食べるとき、苦しそうに眉間にシワをよせて食べていた。年をとったせいかもと思うようにしていたけど、母もわたしと同じように引き出しをひっくり返してでもあの人のことを知りたかったのに違いなかった。

窓を少し開けると昨日とは違う乾いた風がベッドまでサラリと入ってきて、また眠りそうで目を閉じた。こんな午前中に電話が鳴ってわたしがめんどくさい声で出ると、聞き憶えのある彼の知人の声で「ひろみさんが亡くなったんだ、彼に連絡とれるかな？」と言った。わたしの前にいっしょにいた恋人が、熱海のマンションから飛び降りて死んだ、だから彼も当然、その場にかけつけるようにとわたしに命令している。

帰ってきた彼はもうそのことを知っていた。「行かないよ、そんな関係じゃなかったんだから」と言ったのでわたしは驚き少しホッとした。「どんな人だったの？　その人」とわたしは安心した気持ちで訊ねた。「花の活け方も、ちょっとちがうなと思うような女だったよ」と彼は答えた。以前何度もその女《ひと》は彼以外の人と心中をしても死ぬことが出来ずにいたらしい。あやうく相手の男が死にそうになったことが何度もあったので、やっぱりその女《ひと》は本当に死にたかったんだなと、ウソつきじゃなくて良かったというように、彼はやさしい笑顔をわたしに向けた。

ドアを開けるとつきあたりにベランダに面したタタミの部屋があって、電話に出るためにベッドから立ち上がると足をつたってドドドって生理の血が流れた。タタミの縁に埋まった血液は何度こすり取っても茶色のシミが取れなかった。

上ってきた階段の反対側にも階段があって駐車場に面しているので、わたしはいつも降りるときはこっちの階段を使っていた。トントンと降りながら足元の石の階段に目が行くと、古くなった石がすり減ってお地蔵さんや羅漢さまのように、いろんな顔や身体の紋様に見えた。

黒沢さんの外の水道は階段を降りきった横にあった。そばにはまだ花をつけてない匂いのないホコリをかぶったかたい葉っぱだけをこんもりしげらせた乾いた金木犀の木がまだそのまま生えていた。洗い終えた黒沢さんがおつゆ茶わんに水を入れてその木の根元に水をやっているのを何度か見たことがあった。

ナポリスパゲティ

畳の上でうすいフトンを敷いて寝かされているるい子がいる。寝返りもうてないくらい小さいので首だけかたむけてカメラのレンズを見ていて、小さな手を開いて口元に持っていこうとしている。グーににぎったりピンと指をとがらせて目をいじったり、自分の手だけが自由になるお友達だった時のアルバムの最初のページのこの写真をいつもじっくり見てからこれから始まる話を聞く人みたいにページをめくる。行き来する家族の足元から、ふんわり柔らかな風が来たり、急にサワサワとした恐い風が一人置かれているるい子の顔にかかって悲しいと思っていたことをるい子は憶えている。

手足ののびたるい子は白地に水色や紫色、緑色の大きなドロップス柄のお気に入りワンピースを着てしゃがんだ母の膝の上に腰かけて小さな母に体重がかからないように両手を自分の膝において無理な姿勢でカメラを見ている。母はるい子の肩からチョコンと顔を出して笑おうとしている。もう死んでしまった犬たちも次々に出てきて、一枚一枚の時間の中に入ってもう一度同じことをすると、アルバムを閉じたときにとても疲れた。遠足に行く日、もう前の晩に夢で行ってしまってるので、ぐったり疲れて目が覚めたような……。

新しい犬のアニーが来て、前の犬のマリはいばるどころか逆に遠慮していた。家族はシェパードの血統書付きの犬だと言ってアニーをめずらしがっていたから。

マリは大きくなるまでるい子が散歩させていた。教会の前の芝生にねころがるとるい子を組みふせるようにマリはじゃれついて遊んだ。るい子とマリはちょうど力が同じくらいであきずによくその遊びをしていた。マリの背中をなでて手がベタッとしたら、石けんをつけてホースの水で洗ってやった。ブルブル水をはらいたいのを途中でガマンするように四本の足を低く踏んばってるい子に寄りそい、もっとなでて欲しそうにしていた。

朝フトンの中のるい子に母が「起きなさい。マリが死んだよ」

と言った。

「どうして」と聞いてフトンにもぐった上から、お父さんがバイクでアニーとマリを連れて国道の向こうの海に散歩に行った。マリはいつもの慣れた道なのでアニーだけをつないで国道を横ぎった。マリはそれを追いかけてトラックにはねられた、と言った。

マリが庭に埋められていなくなるまでるい子はフトンの中にいた。父は何も言わなかった。穴を掘ったりして疲れたのかもしれない。長ぐつのまま汗の流れた顔で下を向いて庭を歩いてばかりいてなかなか家に入ろうとしなかった。いつも散歩のあとは外からも入れるドアから風呂場に行くのに。

もう庭に百羽いたニワトリはいない。鶏小屋があった場所の土の上にはピンと張られたひもの線が四角く杭で止められていて、足首に当たる低すぎるゴム飛びをしても、いじわるをされているような不愉快な気持ちになった。

暑い日、家族のみんなは冷たい場所を這うように見つけてはゴロリと横になって昼寝した。茶の間の壁ぎわに置かれた籐の椅子のことを祖母が眠りに入るまえの独り言のようなボンヤリとした声で言った。時々、すいっとるい子は身体が引きつけられるようにその椅子のところに行っておしりを入れようとして、何度も家族に笑われていた。

　祖母の話は、ずっと前、るい子がまだ椅子に座ることができた小さい時、ラジオで電気椅子の死刑の説明をしていたら、るい子が起き上がって自分の小さな籐の椅子に座ったので、家族みんなで、「ああ、この子わかってるんだね」というものだった。その話は大うけだったので、もうるい子には似つかわしくないほどの小さな椅子はいつでも茶の間に置いてあった。

　みんなの声がとぎれてうすい寝息に変わると、るい子にいつもの夢が来た。それは生まれたばかりの子供の動物たち。白いふわふわ毛の小ジカ、小さな馬、牛、ずらりと動物の赤ちゃんたちが、まんがのかわいい絵のように一列に並んでいて、みんな耳に穴を開けて銀色の金具をはめられている。そして野菜もいっしょに台の上に並ぶ。後ろの白い子馬が前にいる巻き毛の耳に「もうすぐだよ、殺される。わりと平気みたい」と小さな声で言う。

　武生さんは、小学二年生で体格のいいるい子より細く小さい。でも母の同級生なので、大人の人だ。手の平にのるくらいの小さなハイヒールを学校から帰って玄関に見つけると、

決まってるい子は
「ぶにゅうさん、来とんしゃろ」

とさけびながら茶の間に入っていった。

「よう、わかったね」

といつもぶにゅうさんは笑顔でるい子を迎えた。

「すぐわかった。くつのあったけん!」

とるい子は言ってぶにゅうさんの膝に座った。

「大きくなったねえ」

といつもぶにゅうさんは言う。

ぶにゅうさんは、母と同じ年齢でも、どこかで大きくなるのを止めた人だという。市内でも大きな文房具屋の長女で兄弟たちは頭のいい小さなぶにゅうさんをたよりにし、また大切にしていて、「ああいう人は家の守り神」とるい子の祖母が言っていた。

るい子がどうしてぶにゅうさんのことを大好きかと言うと、すごく小さいのに、すごくえらそうだからだ。何でもこちらが話すことを「ふん、ふん」と聞いてくれて、そんなことまでわかってるのかとおどろいた顔でよくるい子をじっと見た。身体にあわせて作った小さなハンドバッグや着ているツイードのスーツをさわらせてくれたり、ぶにゅうさんは喜んで手の平にのるほどの小さなコンパクトや口紅をちょっとだけ引き出して、るい子に赤いルージュをつけてみせてくれたりした。中でも一番小さなガラス瓶は口の中に入れるとあめ玉みたいにころころころがってとけていってしまいそうな光のしずくだ。それを窓の方に透かして、

「この水は、ぎゅっとつまっとぉけん、服みたいに小そうせんでいいと。でもちょこっと出しただけで大きゅうなるとよ」

と自分の手首に一滴たらしてみせた。待つ間もなく、ぷわっとるい子のほうに飛んできて首のあたりにつかまってしっとりした。

「ぶにゅうさんの匂いやね」

とるい子は恥ずかしそうに言った。

大きなゲタの音をさせて「ごめんくださいい」を言わないで、ズンズン入ってきたおばさ

んは、白地に柳の枝が流れた浴衣に黄色の博多帯を締めて金縁にうすい紫色のとがったメガネで、連れの男の人に自分の家のようにてきぱきとるい子の家の中を案内している。家族は茶の間にみんな座ってわかっているからという顔で出て行きもしないのでるい子だけが、次々に部屋の障子を勝手に開け放しながらズンズン行く浴衣のおばさんと男の人について歩いた。

「ここもお広いんですよ」

とおばさんは風呂場の戸を開けて中のタイルの上に足を入れて、二つある浴槽を指して言った。水風呂と湯風呂にかわるがわる入るのがすごく健康にいいらしくて、と。

父がどこかで聞いてきた、水とお湯と交互に入る風呂は、夏だけるい子もおもしろがってためしたことがあったくらいだ。父さえももう使わない片方の風呂は、掃除道具入れのようになっていて、柄の長いブラシや、バケツなどが放り込まれていた。

おばさんが風呂場の外に出ようとして、はだしの足を廊下に一歩出したら床がギュルルときしんで音をたてた。それから、バタバタ早足で家の中を歩いていたおばさんは足袋をはいたようにつま先から足をすべらしてそっと歩いていった。

夜、子供の寝る時間になって、るい子がフトンに入っても、この頃は茶の間の灯りがいつまでもついている。トイレに行くついでに、風呂場の前の廊下で聞き耳を立てると、父や母、ときどきは祖母の話し声がした。手足が冷たく寒くなってもじっとたたずんでいると風呂の入口のちょうどまん中あたりの床がギュルルといった。だからいつもそこの手前の位置で止まってねむけがまんできなくなるまで立っていた。

「家を売る」「弟の…」「おばあちゃんの給料のような」「いろいろ家のことをしてくれたよ」「るい子が嫁に行くとき」

とぎれとぎれの声はいつも父の声だった。

寒い日、祖母と寝ている部屋を出て、トイレに行こうとすると、いつも水仙の匂いがした。目立たない、いつ枯れていたのかなかなか見分けがつかない影のような透明な花びらの中には、粉をふいたしっかりとしただいだい色の花芯があって、目立たない所に置かれても、寒い夜にはいっそう、匂いを吹いて家の中を満たしていた。母の好きな花だ。

だけど今は浴衣に大きな青紫色の朝顔が点々と付いた浴衣をかんたん服に自分で直して前のひもでゆわえて寝巻にしている。医者が看護婦を連れてるい子と祖母の寝ている座敷のとなりの両親のフトンを敷いた部屋にいる。障子のすき間から母が医者に言われて肩からスルリと朝顔の寝巻を下に落とすのが見えた。母の後ろ姿に大きな朝顔がボッテリと浮き出ていて、るい子は、服の朝顔がそのまま母の肌に染まったようでおどろいて見ていた。ボンヤリ寝床の上に立ち上がった母は裸だった。

るい子が母の膝にのった写真の後ろにまだ建ってない団地の土地を囲む鉄条網が写っていて、父は毎年その下に、自分で採った種をまいて朝顔を育てていた。ほったらかしでも、時々水をバケツにくんで道路の水まきていどには気をかけていて、しぼんだ花はるい子がつんで口にあてて、ぷくんと音をさせて遊んでいた。

医者の前で、すっぱりの裸で、でもやっと立ってるような紫の斑点を後ろ姿に写した母が知らない人のように見えた。パンツをはいてないからほんとうの病気のようで、嫌だけど心配した。

座敷の窓を全部開けると、となりとの境のブロック塀のまん中に、紺色の絵の具をそのまま指でしぼりながら書いた、〝マリ〟という字が見える。腕をのばすだけのばして書いたのでブロック四コ分に絵の具の紺色は全部しぼり切ってしまった。

マリが車に轢かれて死んだ一ヵ月ぐらいあとで、それは何回かの雨に濡れて、うすい水色になりかかりながらも、もっと深くブロックにしがみつくように、るい子の手の強さを離れても、悲鳴のような声が聞こえた。

家族は落書きをしてもるい子をしからなかったし、るい子にだけしか見えない物のように何も言わなかった。

家庭教師の瀬子先生は、縁側の戸が開けられていた日、るい子の横で、目のきわにメンソレータムをぬりながら外に首をまわして、「あれは?」と言った。近くの大学で事務の仕事をやった帰りに家に来てくれているので、瀬子先生はいつもつかれてねむそうで、祖母が作る夕食を楽しみに来ている。勉強させてくださいと母にたのまれて来ているのに、祖母の漬け物は毎日鉢ごとたいらげていく。看護婦マークのふたのついた携帯メンソレータムを出して目のまわりにすり込むのでるい子もいっしょになって涙を出した。ボンヤリした瀬子先生をるい子は嫌いじゃなかったので、マリのことや、死んだ時の気持ちを話した。瀬子先生は、あいかわらず目をこすりながら、〝マリ〟の字をもう一度まじまじと見て、「きれいな字ね」と言った。

秋になって土曜日じゃないけど先生たちの会議とかで午前中で学校から帰った。家の中にはだれもいないので、裏木戸を開けて庭づたいに勝手口から入った。玄関の横の庭にはいつもアニーが背の高い身体で立って大きな長い顔を出してクーンクーンと甘えた声を出す。給食のパンを放り投げてやることも時々あるけど、今日は給食は無い。るい子は犬のアニーをかわいがらなかった。アニーが来なかったらマリは車にはねられなかったから。アニーの顔を見ないようにすればするほどアニーは必死でるい子の目線まで追っかけてきておすわりをしていた。

だれもいない家の中に入ると、いつも台所や風呂場を見て、母と祖母の二つの鏡台の前に座って引き出しの中をのぞいたり、この家の人ではない人みたいにふるまう。

茶の間にゴロンと大の字になると、木戸が開く音がして、窓に帽子が見えた。ガクガクと高く低く帽子がゆれて、窓の向こうを通り過ぎて勝手口が開いた。

父は急いで歩いてきたのに、ゆっくりと、るい子に、

「ハラへってるだろ」

と言った。父ののどぼとけが上下に動くのがいつもニワトリを連想させる。

父は台所に上がって、冷蔵庫の中から色々取り出して帽子も取らずにガスコンロに火をつけた。ピーマン、玉ネギ、ニンジン、ハム、しょうゆ、塩、コショー。そして大きなナベを出して湯をわかした。油を入れてフライパンに野菜とハムを入れて音を立てて炒めた。父のこんなところは一度も見たことがないのでびっくりしていたが、父がものすごく急いでいることのほうがもっと不思議だった。

フライパンの中の物を皿に移すとき、はしでカサカサ音がしたのを聞いたら、るい子もいっしょになって息を止めて父を見ていたのがほどけるようにホッとしていた。

「どうだ、おいしいか」

と父が言った。

「おいしい。お父さんは?」

とるい子が言うと、

「食べてきたから」

と言った。

コショーをこのときはじめてるい子は食べた。テーブルの上にいつもあるのにみんなは使っていてもるい子には、と省かれていたのに、コショーのたくさんきいたスパゲティはものすごくおいしかった。

ずいぶんあとで、ケチャップの入っていないナポリスパゲティだと知った。

アルバム

動き出して、しばらくすると、列車は静かになる。少し夕暮れになった。土の上をすべるように走り、やがて窓の外の家々に灯りがともり出す。目を閉じて目を開けると、トンネルのつづきのように、もうすっかり夜になっていた。

窓に顔を近づけて冷たい外気を鼻の頭に感じる。畑や山々の間に見える家の灯りはあたたかく、だいだい色をにじませて、ぼんやり、だけどしっかりと自分の陣地を守っているようだ。

出発する駅では、同級生の真理子さんが、映画で見る人のように列車が走るのと一緒にだんだん早走りになりながら白いハンカチを目にあてて、送ってくれていた。ざわざわとした自分の気持ちも列車の速度とともに一息ついて、悪者のようにふてぶてしく座り直す。真っ暗になった外の風景に目をこらしていると、あんなところにも灯りがついていて、その家に住んでいる人たちの顔も想像できるようで、つばさを広げた親鳥の下にいる小さなひな鳥や年をとった鳥が少し離れて柱にもたれて目をつぶっている様が見えた。

自分の家から離れて一人でどこかへ行こうとするのがこういう感じなんだと思った。

車内の蛍光灯がまぶしくて首を向き直せば目を閉じるしかない。泣きそうになっていた。家が恋しいというよりも人の家の灯りが自分の胸の中に、クリスマスのキャンドルサービスのようにともって。

トレンチコートをかけてねむろうと思って前の席の人を見ると窓側の男の人もそのとなりの女の人ももうすっかり前からねむっていたようだ。腰をずらして少し隙間のある前の座席につま先をのせた。何度目かのトンネルを通ってまた明るい駅に着いても、ホームには乗り降りの客はいない。行ったことはないけど知ってる名前の駅が来たら、一応首をのばして見学した。

夜中のホームには、すらりとした外灯が一本。古びた白いペンキが乾いてところどころはげかけた駅の名前の四角い立て札があり、それを照らしていた。その下の道は細かくだいたじゃりが青白い光をキラキラ反射させて、ジャクジャク音が聞こえてくる。

石をたたく音を思い出す。暑くてしょうがない夏の日、家族みんなは思い思いの場所で倒れた人のようにバタリの横になって昼寝した。父は茶の間のいつもの自分の場所で母は食堂の床でこのほうが冷たくて気持ちいいと言って大きなしぼりの朝顔模様の部屋着兼ねまきで。祖母はお気に入りの大黒柱に背をもたせかけてねむるとはなしにうちわを動かし、わたしはまだねむくないからしばらくみんなのねむり具合を確かめながらうろつき、仕方なく夏のあいだ取り払われる襖の敷居に背中をつける。凸凹していて気持ちいいのだ。みんながだまっている時いつもキーン、キーンという石をたたく音がした。近所に大きな公団アパートが建設中で、その音のあいまに言い忘れそうなことを一言二言父に伝える母の声といっしょにキーン！　キーン！　と石をたたいている音がする。真っ白い夏の熱の中でかたい鉄を振り下ろしながら石をたたく音がわたしたちのねむりの息の中をたたいてこの時を作っているようだ。だからしばらく家族は石の中でねむった。

うす目を開けて前に座る男の顔をはじめてよく見た。口元がゆるんで目は閉じていて本当にねむっているように見える。わたしの膝に掛けたトレンチコートの横につま先があって、わたしも同じように前の男の人の膝の横に足をのせていて、それはお互いさま、長い夜をこの列車の中で過ごすのだから。だけど男の人の足先は自然とコートの中に入ってきてしまっていた。列車がガクン！　と動く時もっとわたしの腿に近づき、つま先がわたしの右腿にこすれて、ふんわり、ジンジンした。くすぐったさをガマンしているような感じだ。ため息をついて目蓋を強く閉じようとしても、小さなヘビがわたしの足の横で動いている。グンッと引き込まれたようにわたしは少しの時、ねむった。身体がほどけていくようにねむりにまかせていると、ヘビはするするとわたしのストッキングの上ですべり、わたしはわたしで列車のガックンという衝撃がもっと欲しくなっていた。

ねむりか、うそねむりかのあいだでゆらゆらゆれていて、でも頭のしんは一本の竹が芽生えたように、しずまりかえってしっかり目覚め、ヘビの動きをなぞっていた。

パンツの上にガードルを履いているのが、もうもどかしくなっていて、きっちりと下半身をおさえている牡蠣の殻のように頑丈な物を、とりはらいたくてたまらなくなっていた。

目を閉じていると、どうしていつもこんなに自分じゃないようなものがどこからか這い出てきて、それも堂々と振舞うことができるのだろう?

その人は深くねむっていて、そのねむりの中で繊細に動いていた。時々止まる駅にまぶしい灯りがあると、今まで息をしていなかったような大きな息つぎをした。水中で泳いでいたあとみたいなゆっくりとした一息をした。いくつかの駅のまばゆい灯り、そしてしばらくの暗い野道が、かわるがわる来る。前の男の人の足先は、わたしが開いた足の間にある。わたしは何かに酔っているように少しずつ足を開いていた。そしてまたねむった。

そのうち外にボンヤリと、またたくまにはっきりと太陽が出かかって、まわりにいた人たちも顔を持ちはじめて、夜は終わった。

降りる駅に近づく列車が速度をゆるめるとわたしは元の通りに、足を下ろして前の男の人を見る。男はまだ目をつぶっていた。わたしはまわりの人たちと同じように朝を迎えようと、目をこすったり、荷物を身近に引き寄せたりして身づくろいをしている。

降りる駅に着き、人々の後ろに並んでドアの前に立つと、わたしの背中を身体で押すようにして耳元で、「もっと、できたら良かった」と声が言った。

駅のトイレで顔を洗い、たくさんのオシッコを出した。またの間のいつまでもつづく放尿に、しゃがんだ踵に力を入れた。もっともっといきおいよく出る自分の白い水を見つめつづけていたい。足がしびれるまでしゃがんでいた。洗面所の鏡に向かって、アイラインとアイシャドーだけを濃いめにつけて、唇にはクリームだけをぬった。あの人に会った時の顔に戻しておかなくてはいけないという義務みたいなのがあって、少し前のことを思い出しながら顔を作って、濡れた下着をゴミ箱にすててタバコを吸った。駅の中は、これから仕事に行く人たちのラッシュがはじまり、スタンドで、ジュースとサンドイッチを買って外に出た。どこに行くのか自分でもわからない。ただもう一度あの人に会おうと思う、それだけが強くわたしを動かしていた。

銀閣寺は修学旅行で来たことがある。彼はその近くに住んでいると言った。すぐそばに朝までやってる有名な店があって、彼の名前はハットリさんという。だれでも知っている歌手と同級生で、めくるたびにパリパリと音がする英語の辞書の美しい紙の匂いがする。図書室で、わたしの辞書よりパリパリの匂いがする本を見つけたとき、もっと深く抱かれた気分でうれしかった。日に何度も図書室に通い本を広げて匂いを嗅いだ。神妙で真面目で息つくところを知らないやさしい匂いがする。その匂いだけで彼を探しあてる鼻を持っている自信があった。

バスを降りるといちょう並木が金色の一本道をつくり、こんな日に修学旅行に来たことを思い出した。店の前の木の下の電話ボックスの電話帳に、彼と同じ名前と、電柱に書いてある住所に近いものを見つけた。七軒くらいしかなかったから、次々に電話した。三コ目に出たハットリさんという女の人が「あんたぁ、いまどこから電話してんねな」と言った。やっぱりここの人はこんな言葉を使うのだ。ずいぶん家から遠いことをはじめて思った。わたしは並木と店のことを言った。

「その店に入っとき。あたし行くから」と言う。わたしのことを怒っているような言い方じゃなくて、わたしの話を聞いて思いあたることがあるようなしゃべり方だった。やさしい声だったので、「うん」と言った。

モーニングセットを持ってきたボーイさんは、一度テーブルにトレイをおいて、少しずらしてわたしのほうに、「どうぞ」と言うように丁寧に差し出した。恥ずかしいので下を向いた目に涙がたまって落ちた。バターつきのトーストやキャベツサラダをほおばり、ゆでタマゴの皮をむき、むしゃむしゃ食べてさっきのボーイさんを探すと、離れたところからコーヒーポットを持って飛んできてくれた。

電話の女の人もつっかけをはいて走ってきたようだった。「いま、もう一人来るから」「たぶん、あんたの探してる人とわたしら同級生やから、見つかると思うよ、あたし、コーヒーね」と早口でボーイさんに伝えた。いつも来ている店のようだった。もう一人来た男の人も走って来た様子で荒い息をしながら、「これ」と言ってアルバムのような大きな本をテーブルに置いて、「オレ、いいから、今から出張で東京行くねん」と何も飲み物はいらないと手を振った。

「オレも探してあげたいんやけど、ゴメンな」「ありがと、わたしがいるから」お姉さんはしっかりとわたしを見ながら、「この写真の中におるはずやから、見て」とページをめくり、一クラスの集合写真を指さした。

前列の真ん中でひざに手をついた男の先生は、もっと笑顔をしたいのをがまんしているように楽しそうな顔で写っている。後ろのみんなをおんぶするように前かがみになってさわやかな表情だ。その横、その後ろと、次々に顔を見ていくと、細い首が白くひょろりと目立ったお姉さんを見つけた。わたしが指さすと、「うん、それあたしやわ」とお姉さんがうなずいて、「もっと見なさい」と目で示した。今から東京に行くお兄さんと、お姉さんはなんとなく目くばせしながら、わたしが探し当てるのを、心配そうに待っている。

「あの子やろ、自分が思うてるんは?」とお兄さんが小さな声で言った。お姉さんはそれをさえぎるように、もう何も言わないでと手のひらを振った。そして、「もしも、その人があんたの探してる子やったらあんたの探してる子な、あんまり安心できる人やないよ」と小さな声で言った。ひな壇に並んでいる人たちは、わたしが通っている学校の同級生に似ていて、自分のクラスの人たちを頭の中では見つけたがってるような変な気分だ。でもわたしの学校は女の子ばかりでエムブレムのついたジャケットじゃなくみんなセーラー服だ。子供のあの人を見つけてじっと見ていると、お姉さんは小さなため息をついて、ボーイさんに手を上げてコーヒーのおかわりをした。

冷たく湿った明け方の空気の中でお姉さんと歩いた。足元には、いちょう並木から飛ばされてきたのか、黄色の葉っぱが赤土の上にところどころ踏みしめられて、はんこのようなきれいな模様になって、わたしたちは手をつないでゆっくり歩いた。お姉さんの横に小さな川が流れてその下の水は浅く澄みきっている。ちゅるちゅると、どこからか水の声が聞こえる耳に「あたし好きな人と別れたのよ」とお姉さんが言った。

「ずっと好きやったけど、別れたのよ。すごく悲しいことやけど、そういうことってあるもんよ」と、自分の顔をたたくように手の甲で頬をぬぐっているのが、見ないように見ているわたしの目の端に映った。お姉さんは昨日と同じつっかけをはいて、茶色のプリーツスカートに白いワイシャツ、あわいピンクのカーディガンをはおってきた。黄色と黒に赤い線の入ったタータンチェックの巻きスカートにところどころ革の止め具があり、黒のタートルネックにトレンチコートを着たわたしの方がずいぶん年上に見える気がした。

「すごく好きだったのに?」

とわたしが聞くと、

「すごく好きでもね、別れなきゃいけないことがあるのよ」

「その人に好きな人ができたんやから」

と、標準語と京都弁を使い分けるようなしゃべり方をした。

目的地に着くのを遅くしているみたいにゆっくり歩いた。

「その人におうたら、あんた帰ってね」と、もっとゆっくり一歩一歩を止まりそうになりながら言った。

わたしはありがとうと言えなくて、コックリと深くうなずいた。

お兄さんとお姉さんが帰ったあとも、昨日はあの店に朝までいた。時々、飲み物をたのむわたしに、ボーイさんが、自分は朝まで仕事で帰らないから、自分の部屋で寝てもいいと、すぐ近くのアパートまでの地図とカギをテーブルに置いてくれていた。昨日から今日までの時間がものすごくたくさん流れたような気がして、わたしも、お姉さんよりもっとゆっくり足を出しながらすすんだ。お姉さんが急に止まって横の小川をまたいで家の中に入っていった。そしてまた川をポン！　とまたいでわたしの側に来て、「ここやよ」と言った。

土のままの三和土の横によじのぼるように高い障子のない畳の部屋があって、まるい飯台の上にゆげの立った朝食が並べられているのが見えた。その家のお母さんは前から知っている人のようにわたしを座らせゴハンとみそ汁を出した。何も言わずにさっさと食べて、時々わたしの方に佃煮の入った器を寄せてすすめた。正座していたので足がしびれたけど、ゴハンをおかわりしたいくらい、朝食はおいしかった。お茶を飲んでいると、お母さんが、「もう帰ってくるよ、嫁のところに電話しといたから」と言った。

彼は車で旅行している自由な人のように見えたので、「嫁のところ」がなんなのかわからない。また会う日を約束しながら三ヵ月過ぎていたので、彼は結婚していてわたしに話した彼自身のこととはまったく別の人間のことかもしれないなと思った。自分が彼の嫁になろうなんて考えもしないことなので、どこか遠くで起きてることは関係なかった。

学校の裏でいつもわたしを待っていた、あの塗装のはげた古い車にまた彼と乗った。彼は当たり前のようにか、こんなことに慣れているのか、三ヵ月前と同じようにかすれた声をして、ボサボサの頭から首すじに汗を流していた。

小さな遊園地は休日でもないせいか、人はまばらで何組かの近所の母親と小さな子供がいる。乗物はちゃちな子供用ばかりで、ジェットコースターだけが大人仕様だったので、わたしたちはつづけて二回乗った。わたしたちはあまりしゃべらなかった。でも、ジェットコースターが直角に登ったり、急なカーブに来たときだけは、「ヤー、ヤー」「キャー、キャアーン！」と犬のように鳴き合い身体を寄せて喜んだ。

映画館は二本立てで古い外国映画をやっていた。暗い所に入るとやっと彼の匂いがグレーのトレーナーの胸元からふわり、と湧き上がってわたしは一息で吸い取ってしまわないように小さな息で大事に嗅いでいった。そして、会いたかったのはやっぱりこの人だったんだと静かに安心した。

二本目の映画は、海に向かって切り立った崖の上を走る二台の車を空から撮影していて、前の車には男、後ろの車には白いスカーフを巻いた女が、間をあけてあとをついていく。別荘のような家に着くと二人はすぐに言い争いをする。どちらにも家族があって、そんなことで悲しんでいるようだ。白いスカーフが風になびく女の人のオープンカーがすべるように男の車のあとについて青い海沿いを走るとき、長い長い曲が流れて感動した。音楽が、となりの彼の匂いといっしょになってわたしは涙が止まらなくなった。とても気持ちが良くて、悲しくて泣いているのじゃないのに、彼は画面は見ないでわたしのほうに向いてわたしだけを見ていた。すごく心配そうに……。びっくりした顔をして、病気の人を気づかうようなこんな真剣な彼の顔は、はじめて見た。

「どうしたの」

「ううん、映画が」

とわたしは言って、もっと涙を流した。


駅のホームに降りる階段で彼の先を降りているわたしのスカートのおなかのところを彼はのぞきこむようにこっそりと見ていた。

三ヵ月で大きくなるわけないのに、とわたしもこっそり思った。

「あっ、ちょっと待って」

とわたしは言って降りていた階段をかけ登り、きのうのジューススタンドで、パイナップルジュースとミックスサンドイッチを買った。

ポルノ

中央線に乗り継いで、窓の外に田んぼと小さな神社の緑のこんもりとした森が見えると撮影所の駅に着く。

撮影所行きの小型バスが待っていればそれに乗って、来てなければ普通の市営バスに乗るか、歩いて行けば二十五分くらいかかった。

いづみさんが、わたしと同じ電車に乗っていたのに、探してもどこにも姿がなかったので、わたしは歩いて行くことにした。

となりの車両との連結のドア越しに立っていたいづみさんは、小さな顔が半分かくれるくらいの四角の大きなサングラスをしているからすぐわかった。ノースリーブの細長い腕に幾重にもブレスレットをつけて、人差し指に、濃いピンク色のクロコダイル柄の化粧バッグをひっかけている。

ジャラジャラブレスレットの音で録音部さんの邪魔をして、「誰だ！　そのジャラジャラは」とどなられても、いつもていねいに順番どおりにブレスレットをつけて腕を動かすたびに音をさせていた。どうせ全部はずさなきゃいけないのに。化粧まで念入りにして来るのでメイクの人も困って、

「自分でやるからいいです」

と言ういづみさんの顔はいじらなかった。いづみさんは自分の身体を人にまかせるのは嫌で、出来るかぎり自前の服を使った。

まわりのスタッフはセイケーしているとかピンク映画に出てたとかうわさして、いづみさんはあまり好かれていなかった。

この前、いっしょの車両に乗り合わせたとき、わたしが前に立ってもいづみさんは知らん顔して、となりの人と何か話していた。しょうがなくて少し離れた吊革につかまってゆ

れながらうかがっていると、突然、

「なんぼのもんや！　そっちは」

と強く腹から湧いて出たような大声が聞こえた。いつも、もっと声にしてと言われて、それでも、ささやくようなかすれ声しか出さなかったいづみさんから、うなるようなきっぱりとした声が出た。子供を抱いた女は空いている離れた席に中腰のまま移動し、となりのおばあさんは口をもごもごさせておびえている。

いづみさんと話をしていた男も、

「あんたあれだよね、映画に出ている人でしょ」

と、前よりも大きな声になって言った。

やらしい映画に出たから、やらしいことが好きな女かと思われて、やらしいことを言われたのだろう。いづみさんは化粧バッグの中から小さく折りたたんだガーゼを出してサングラスを片手でずらしながら目のふちをふいた。

芸名を考えといてねとプロデューサーに言われていたことを思い出した。誰かが、映画を観てわたしだとわからないようにするのか、新しい名前のほうがよいのか、その意味が理解できなくて、ずっと後回しにしていたことだ。いづみさんは出口のドアのほうに移り、となりに座っていた男も下を向いて反省している様子だ、両手をこすりあわせて、全身で小さく貧乏ゆすりをしている。

左側に稲のうす緑の田んぼが風の道を低くへこませてドミノ倒しのように、東に流れていく。右側の畑には、取り残されたナスやまだ青いトマトが竹で囲われたなかにポツポツ残っていて、茶色に乾いた葉っぱも混じっている。暑かった夏を、稲すれすれに飛ぶ赤トンボが時々止まって羽をふるわせ、おんぶするように運んでいってしまう。

わたしたちが来た方向に出勤する車とすれ違いながら、アスファルトと畑の間の細い草道を歩いた。わたしはいづみさんよりずっと後ろをなるだけ追いつかないようにゆっくり歩き、いづみさんは思いっきり姿勢よく、ヒールのサンダルできびきび歩いた。でも草や泥の中にヒールが入って歩きにくそうだ。サンダルでもストッキングをはいていて、足先がつんのめってすべってかかとは余っているので、大人の靴をはいた子供みたいになっている。

わたしは後ろをときどき振り返りながら、濃い緑色のスポーツカーを探していた。いっしょの映画に出演するわたしの恋人役の木山律さんはブーンと低いうなり声のような音のアメリカ車に乗っていて、かなり遠くからでも木山さんの車だとすぐわかる。何度かこの道で乗せてもらった。でも車は二人乗りで、後ろの座席みたいなものはおまけ程度で横になって頭をちぢめなければ乗れない。でも、もし今ここに木山さんの車が止まってもきっといづみさんは乗らないから二人乗りシートのことは大丈夫だと思った。

木山さんは歌手で俳優でかなり有名でわたしも歌は聞いたことがあった。サングラスから細い顎に、ひげの剃りあとが青くすべすべして、頭はピッチリとグロスでかためていつもいい匂いがした。

ボコボコと故障のような音がして、三谷コージさんの白かったけどクリーム色になってところどころぶつけた跡が錆びついた丸い車が止まった。三十年以上使っていると自慢していたのを聞いて、コーチャンらしいねとみんなで笑ったことがある。三谷さんはわたしの演劇養成所の先輩で、劇団からは何人も男優がこの映画に駆り出されていた。手回しでウィンドーを開けながらコージさんは「うしろフトン積んでるけど押しやってすわって」と、よく通るいい声で言った。飲みすぎて車を運転できなくなったときのためにいつもフトンを積んでいるのだ。早朝ロケの時は現場の近くに車を止めて眠るので、遅刻の心配はないそうだ。仕事の空き時間、撮影所の前にある市民プールで泳いでシャワーを浴びるので水泳着や着替えも車の中に用意している。

コージさんが「いづみちゃーん！」と急ぎ足で逃げるように歩くいづみさんに声をかけた。うしろ向きのまま手を振っていづみさんは行ってしまった。撮影所の門はすぐそこに見えていて、わたしもどうしようかと思ったけど横にすわった。

「きのうも飲んだ？」

「飲んだよ、だから新宿のママの駐車場に入れてもらって、ママの部屋で寝て、朝メシ作ってもらった」

まだお酒の残る息で、首にかけたタオルで汗をぬぐいながら言った。新宿のG街には養成所に入ったときから毎日みたいにコージさんに連れていかれたのでわたしもナナという名のママのカウンターだけの店の屋根裏の膝で歩くほど低い天井の部屋に泊めてもらったことがある。ナナは早起きで、塩鮭、コンブの煮物、しじみのみそ汁、トマトと、たっぷりの朝ゴハンを用意してくれて、下の店のカウンターでわたしたちはもりもり食べた。コージさんは同じ東北出身で仲が良い。ナナのすごく年下の恋人は、フラメンコのギタリストで、スペインに行った。ナナはその人に仕送りしているとコージさんは言っていた。彼は日本人だけどニンニョという名前で呼ばれ、その意味は「子供みたい」ということらしい。

「ナナ、すごくいい人なんだよ」

ナナの大きな目のくっきりとしたアイラインの縁どりはフラメンコダンサーを思わせた。何年も離れていても、スペインに他の女がいても、そんなことといいのよ、とナナはわたしに大きなしわがれ声でしゃべったことがあった。げんに一年か二年前に一度、フラメンコのグループと日本に来たときもかわいいスペイン人の女の子といっしょだった。ナナの店でパーティをやったあと、ニンニョと女の子とナナは二階の部屋で眠ったらしい。

「したいから、やってるんじゃない」

コージさんは、わたしがなんでナナはお金を送り続けるのか、しつこく聞くとそう言った。

ナナは、わたしがテキーラをがぶ飲みしてカウンターに下がっているライトの傘やまわ

りの客たちに、噴水のようにゲロをぶんまいても、フラメンコ歌手のようないい声で、
「オーレ！　だいじょうぶかい、まだ飲むか？」
と、笑いながら言った……。

撮影所の門の横にある守衛室の窓からおじさんが首だけ出して、ゴトゴトカタカタと音をたてながら歩いているように走るわたしたちの車を「またぁ」という顔をして笑いながら通した。コージさんはかなりいい役者さんで、だからどんなボロボロな格好をしても様になる。人の食べ残したものでも、もう食わねえのと言ってパクパク食べて、車の中にフトンがあっても、あやしんだ目で見る人はだれもいない。

コージさんの家は中央線のもっと先にあって、ベッドも家具もみんな家に合わせて作ったものだ。トイレは家のリビングの真ん中にあって、ガラス張りだ。しゃがんでしまえば外の人と顔を合わせることはない。でも慣れないうちは勇気がいった。劇団の人たちと映画の大道具の人たちが作ったそうだ。

庭には劇で使った舟があって、そのまわりで皆んなでバーベキューをしたり、ギターを

弾いてコージさんがシャンソンと秋田音頭を歌う会がたびたび開かれた。

コージさんはわたしの父親よりちょっと下くらいの年だ。撮影所に近いのと、朝は一緒に出かけられるし、居心地のいいこの家にわたしは何日もつづけて泊まることも多かった。夜はコージさんのすごく大きな畳敷きのベッドで一緒に眠った。ベッドの下は引き出しに作ってあって、そこからコージさんのシャツをてきとうに出して勝手に着替えた。洗濯をしたコージさんのシャツの匂いが好きだ。きちんとたたまれて、着古したシャツの青い模様に鼻をうずめていると、何度でも抱きしめてくれた祖父を思った。


メーク室に入ると、もういづみさんは白いバスローブに着替えて窓ぎわの椅子に腰かけてタバコを吸っていた。

「おまたせしました」

「いいのよ、プロデューサーとお話があったんでしょ」

メークのエノヤンがわたしの席の椅子を引きながら手招きした。

わたしは芸名のことでプロデューサーの浦田さんに呼ばれて会議室でしゃべっていたか

ら、一時間も待たせてしまったのだ。

「考えてきたか？」

「うん、いちおう」

言われていたことは、ちょくちょく頭のすみにあって、どうかなと考えたことはあったけど、自分で自分の名前を考えることがなかなかできなくて、のばしのばしにしていた。

「日向葵」

「ひむかいあおい？」

「ひまわりが好きだし、夏生まれだし」

「そんなの、ダメだよ」

浦田さんは足を組みなおして膝の上で腕を交差させて窓の外を見た。

「じゃあ、今日未明子は？」

「なに、きょうみめいこ？　なんだそれ」

だんだん怒ったような声になって、チッ！　と舌打ちが聞こえたような気がした。

朝、テレビをつけたらニュースで「今日未明、男性が……」って、そんな説明はできな

かったので黙っていると、

「るい子ちゃん、いい名前じゃない。めずらしいし、覚えやすいから、もう、それにしよ。なになるい子じゃなくてるい子だけ。だいたいみんな、るーちゃんとかるい子ちゃんて呼んでるじゃない。だから、いいでしょ」

もう時間がないというのがわかったので、わたしもほっとして、

「はい、それで」と言ってしまった。その後すぐ、両親も観るのか、この映画を……、それにるい子だと近所の人が観たらわたしだとわかってしまってびっくりするな、という悩みも湧いてきた。


トイレに行くと、いづみさんの白いバスローブが見えた。いづみさんはローブのひもを床に垂らして、鏡の前にファンデーションを置き、水道の水を出したまま、足を開いたかっこうでスポンジを持った手を忙しく動かして、身体に化粧をしていた。わたしが用を足して出てきたら、背中を鏡に向けて背中まで手を伸ばしてファンデーションをぬっている。鏡の中の朝から化粧をしてきたいづみさんの必死な目と目が合った。

「あたし、手伝おうか、うしろのほう」

そう言っても、いづみさんは自分の背中にスポンジを届かそうとしている。

「ムラになってるよ、貸して」

わたしがスポンジをもぎとろうとしたら、

「いい」

といづみさんがわたしをはねのけたので、つっかけたサンダルのかかとがすべって、わたしはタイルの床に尻もちをついてしまった。仕方なく起き上がって手を洗っているとき、
いづみさんが
「ゴメン」

と言ったか、水道の水を全開で出しながら、わたしは水をぶっかけてやろうかと思っていたのでわからなかった。

いつも身体じゅうに化粧をするのでラブシーンのとき男優の顔が白くなると、カメラマンが言ってた。

風呂場のセットは階段を五段上ったところに地面から宙に浮いたように作られている。

白いバスローブを着たわたしたち二人がそこに立てばボクシングかなんかの決闘のように見えるだろう。

シーンはレズビアンっぽい女二人が、でも一人の男をめぐって争い、泡だらけになりながら快楽におぼれるという感じだ。台本には「泡踊り」と書いてある。

わたしたちは立ったまま、その一人の男、木山律の姿を探した。もうステージにはライトが当たり、目を細めて手をかざして、セットの入口を見ている。

監督が「楽にしてて、リッチャンいま入ったらしいから」と言った。

律さんは白いシャツの衿を立てて、ジーンズをはいて、いつもティアドロップス型のサングラスをかけている。グラスの色は濃い緑色だけど角度によってブルーに見えたりするので、雨の日の水たまりのような油が浮いて見えてぜったいこちらから律さんの目は見えないようになっていて、わたしは律さんの目をまだ一度も見たことがなかった。

「リッチャン、サングラス取るタイミングって、どこだろう」

監督が台本をめくりながら言うとリッチャンは、

「取る必要ないでしょ、客は女が見たいだけなんだからさ、男の顔なんかないほうがいいんだから」

と言った。

監督さんは長いあいだ助監督をやっていたから律さんより年上だった。これが自分のデビュー作らしい。

「そうだよね」

と、あっさり律さんの言うことをきいた。それからもシーンごとに何かにつけてお伺いを立てている。たぶん律さんほど有名な人が自分の作品に出演してくれていると考えてのことだ。でも律さんはわたしたちや他のスタッフにはぜんぜんえらそうじゃなくて、わたしもすぐに「リッチャン」と呼んでいた。律さんは三時間ごとにヒゲを剃っていて、頬をふくらませたり片手で剃りあとをなでる指が長くきれいだ。ギターを弾く人なんだと思った。慣れきった手つきで歌うようなリズムでヒゲを剃る律さんにわたしはいつもうっとりする。

律さんの役柄はスリで、わたしはいなかからトランクを持って上野駅へ出てきたばかりの女の子。律さんに出会い、いつの間にかスリも女も上手になっていくというストーリーで、養成所の先輩コージさん、同期生の矢田君、いづみさんで、出演者すべてが皆んなとセックスする。十分か十五分に一回、濡れ場があるので、だれとでもセックスするように、うまく台本は作られていた。

「とてもいいホンだよ」

律さんが言ってたのでたぶんそうなのだろう。

「リッチャン、るーのことまかせるからね、よろしく」

監督が言ってくれるまでもなく、わたしはリッチャンを本当に好きになっている。

セックスしたあと、ベッドでリッチャンがタバコを吸う。

リッチャンが横にいるわたしの口にタバコを吸わせる。

フーッという煙を出したとき、一本の息にならなくて、とぎれとぎれにわたしの心臓の音が伝わって、フ、フ、フ、フ、フ、となる。

「吸うんだよ、吹くんじゃないよ」

律ちゃんがタバコを差し出しながらテストのとき本物のわたしに言った。また、もっと好きになった。

やぐらを組んだセットの天井の照明や、何日か前から敷かれていた冷たい湿ったシーツ、貼ったばかりの壁紙の接着剤のにおいや、ライトの中に舞う細かなゴミを見ながら、はだかでリッチャンとフトンの中にいる。ときどきパフを持ってエノヤンがメークを直しにきたり、ストローの入った麦茶の紙コップを助監督が差し出す。この時がずっとつづけばいい。わたしはいつもリッチャンのそばにいたい。まだあと十日間ぐらい撮影は残っているんだからと思うようにした。

助監督が太いホースを風呂セットの上に、ずるずる引っ張り上げて、バスタブと床を泡でいっぱいにした。浴室はバスタブが隠れるほど泡につかってしまい、セットの下の土の上にも、ドロドロと泡はすべり落ちている。

監督が、

「おい、役者が見えなくなるじゃないか！」

と怒鳴っても助監督は平気で、自信満々に、

「あっという間にしぼんじゃうんです。このくらいやっとかないと」

と大声で言い返して、泡を作る機械を借りてきたとき、自分の風呂でも試してみたことを説明した。舞台くらい高いステージの上からまわりを見渡すと、これから始まるおもしろそうなことを見学にいつの間にかセットの中には人が大勢立っている。濡れ場の撮影があるセットでは、入口に制作の人が何人か見張っていて、関係者以外おことわりの札も立っているのに、泡踊りは別のイベントということか、前々から所内の噂になっていたようだ。

準備にまだまだ時間がかかるのを知って、いつの間にかいづみさんは白いバスローブのままステージを降りて監督のそばに並んだ椅子にすわって、ブリキのバケツの前でタバコを吸っている。わたしは浴室のセットの裏の寄りかかればがたがたゆれるベニヤの板の壁の陰の、ライトの当たらない暗い隙間でしゃがんでいた。目をつぶれば眠ってしまいそうで首を回したり肩を上下させたりして、始まる前から疲れてきていた。

うしろから肩をもんでくれる手が来たから、それに合わせて首を動かそうとしたらリッチャンの匂いが耳もとでした。すぐわかったけどそのままだまっていると、リッチャンはわたしの耳に顔をつけて、

「フーン」

と息を漏らした。

ワイワイガヤガヤの表舞台から避難して、こんなところに隠れていると、必ずリッチャンは、そおっとうしろから来る。スタッフの皆んなが待っているのだから、入口から入れば口々に「おはようございます」と言うだろう。押入れの中のような狭いところに隠れて、ヒソヒソ話をしたりするのが、きっとわたしもリッチャンも好きなのだ。

い、い、か、い、テ、い、い、

とりあえずテストという声がかかっていづみさんとわたしはバスローブをエノヤンに渡した。女二人はハダカでリッチャンはシャツだけ脱いでジーンズとサングラス、風呂に入るわけでもないので、ま、いいかと監督さんは何も言わない。いづみさんは急いでバスタブにあふれている泡を手ですくってカラダにつけた。泡の服を着たようになったいづみさんの股の部分の毛も性器もぐるりとお尻の穴の手前ぐらいまで前バリがついているのに、でもそこと胸を重点的に泡をはりつけている。瘦せた小さな身体にフワフワの白いビキニを着ているように見えた。

毛の生えているところから性器まで、直接あたるところはその人に合わせて切ったガーゼをあてて、その上にガムテープのような肌色の粘着テープを貼って、肉でできたバービー人形のようになるのは、ぜったいわたしは恥ずかしくて嫌だ。そのことについては何度もプロデューサーに呼ばれて文句を言われた。あそこの毛がカメラに写ってしまったら処理に困るということだった。こうやって無いものにしておけば肌色なのでいいらしい。

いづみさんはハダカになるとき身体中に化粧をして、前バリを貼って、それでも泡の服を着ている。

自分の身体が嫌いなのか、監督に何度もダメ出しをされて、

「いづみちゃん、それじゃ、あんたのオッパイ見えなくなっちゃうだろ！」

とハッキリ言われても、ガンコに自分流のあえぎ方で濡れ場を切り抜けていたから、やっぱり守るものがあったのだろう。不真面目じゃない、仕事をバカにしてるんじゃない、必死の目の奥にびっくりするほどの汗をかいていた。

泡のなかでツルツルグチャグチャこするわたしといづみさんのレズビアンシーンで、

「るい子ばかり前に出して、いづみちゃん隠れて見えなーい！」

と、ここでも監督に言われてしまった。

何度も同じカットをやらされて、泡が乾いてまた泡をのせてこするとカラダじゅうが痒くなってきたので、わたしもイライラしていた。リッチャンは浴室の入口で女二人を見ながらタバコを吸っていた。わたしが見ると、さっさとやってよ、とサングラスが見返していた。

「はい、もう一回。これ最後ね」

監督がため息まじりに言った。お姉さん役のいづみさんに代わってわたしがリードするしかない。

無理やりいづみさんのオッパイをもんだり、キスしたり、オシリをカメラに向けたり、もうこれで終わりにしたい気分でわたしは力づくでいづみさんの身体に自分の身体をこすりつけて、股の間に顔をうずめたり、男にされた思いつくかぎりのことをやろうとした。わたしの髪の毛も顔も泡だらけでクシャミといっしょに涙も出そうになった。しゃがんだわたしに、床に敷き詰められた白い泡の中を出入りするいづみさんの足先が見えた。ピンクのペディキュアをした左五本の指は小指が並んで二本ある。

もう充分にわたしの身体はカメラに見せたから、何度もわたしはいづみさんのあそこに顔をうずめながらなかば強引に腰にしがみついていづみさんが隠れられないように監督に協力した。泡の中から出てくるいづみさんの左足を持ちながら、下を向いていた。短い薬指は爪がある部分が無い。肌の上に、小指の爪と並んでピンクのペディキュアが塗られていた。

昼休みは二時間近く遅れで、でもわたしたち泡踊り組はかゆくなった身体にシャワーを浴びなきゃならなかったので、食堂に入った頃にはスタッフもまばらになっていた。おばちゃんが、もう、竜田揚げセットはなくてカレーかめん類しかないと言ったのでわたしはカレーの入ったトレイを持っていづみさんのテーブルの向かいにすわった。

「いやぁー、たいへんだったね」

怒っているのか無視して弁当箱を包んだハンカチの結び目をほどいている。出てきた銀行でおまけにもらうような犬のマスコットのついた小さな容器のフタを見て、

「こどものみたいね」

とわたしが言ったら、

「こどものじゃないよ、なんでよ、こどものなんかじゃないよ」

と、またつっかかってくる。

あんまり小さい可愛い容器で、犬がすわっている絵が描かれたのを、ほめたつもりなのに。小さな弁当箱の中はアルミホイルできちんと区分けされていて、ものすごくやさしいお母さんが作ってくれたように色どりもきまっていた。黄色い玉子焼き、緑のキュウリの漬物、赤いウィンナー、のりを敷いたごはんをほじると出てくるピンクの鯛のでんぶ。

わたしの頭の中は、さっき見つけた泡の中のいづみさんの左足薬指にくぎづけになっていた。

いつもなら、いづみさんはどこかで一人で昼食を食べていた。わたしは、監督やスタッフが一服してゴロンと横になっている植込みの芝生の上にしゃがんで、たぶん一番年下だというめずらしさで、次々とおじさんたちから声をかけられたり、何回も離婚、結婚を繰り返したと聞く、足の長い監督さんたちに、Tシャツの胸の先をチョンチョン触られたりして、はしゃいでいた。そんなときは触りながら、わかっているのに、

「ノーブラ？」

と聞く。あんな大人でも少し恥ずかしいのかも。セックスシーンの多い映画を作ってい

ても、みんなやらしい人じゃないのだ。お父さんみたいに感じる、この映画のシナリオを書いた野代監督は、電車で一緒になったとき、わたしがひざの上にすわると、あわてて、やめてくれよと言って、どこかに逃げていってしまった。

わたしは東京に出てきて一人になったとたん、折りたたんでいた羽を一本一本ていねいに伸ばして、空気をふくませ、楽しみながら地面に足をつけたまま、羽だけを動かしていた。コージさんも監督さんのとなりでビキニパンツのまま陽に当たって寝ころんでいる。コージさんの歌う、秋田音頭が、いま撮影した泡踊りのシーンに流れるので、録音すると言っていた。

秋田ハタハタ ――

かあちゃに　ぬめっと入れたら ――

ほんだば気持ちよかった ――

ハァー　よいよい ――

みたいな、わたしは何度も聞いたことのある替え歌で、秋田の方言でセックスはたのしいというものだ。みんなこの歌の歌詞の「ドンチャカ足上げて」を歌の題名みたいに言ってリクエストし、コージさんは飲み会の最後の締めくくりに歌った。

泡まみれでいづみさんと戦ったシーンと秋田音頭といづみさんの足指と、どういうふうにまぜこぜになるのか、わたしなんかが考えられないようなことが何かを作るってことなのか、百年以上たっていて料金が安いモーツァルトが映画の主なシーンに使われ、リッチャンの作った曲がわたしの役名ユキのテーマに使われたり、不思議な手品の世界だと思った。

午後は、コージさんは録音、わたしは、スリの見習い役なのでスリのシーンにそなえて本物のスリだった人が来て教えてくれるという。その人は何度も刑務所に入ったが、今では犯罪防止のために警察の協力者になっているそうだ。

黒いスーツに白いシャツのスリだった人は髪の毛を坊主に近く刈りこんで、スタッフはけっこう緊張して、失礼のないように助監督は、ペコペコ頭を下げてばかりなのに、

「あ、よろしくお願いします」

と、初めての人にいっぱい会い慣れているようなやさしい目でやわらかくあいさつをした。黒いジャケットの下からまっ白いシャツの長めのカフスが見え隠れして、だれもがすんなり伸びたきれいな指先に注目していた。そんなことを意識してか、それともいつもの決まった習慣なのか、両手をこすり合わせて左右の手の甲を並べ、わたしたちに見せた。スリだった人は左の小指を動かして、爪から先のない小指のことをほとんど左手は使わないから、関係ないですと言った。ヤクザ映画のおとしまえをつけるときのように、小指を詰めたのだとわたしの耳もとで、リッチャンが言った。

洋裁に使うボディにジャケットをはおらせ、新聞を細長く折りたたんで右手で持って、満員電車の中でゆれながらぶつかるようにボディめがけてよろめいていく。スリだった人は、「こんな感じで」と歩いてボディに触れるか触れないかの一瞬のうちに内ポケットの財布をスッて新聞のあいだからポトンと目を凝らして見ているわたしたちの前に落としてみせた。何回かやってくれたあとで、「律さんもとりあえず一回ためしてみてください」と、リッチャンに頭を下げながら言った。

リッチャンはサングラスのまま、「ええ」と言ってボディに向かって歩いて、スリの人みたいにぶつからずにこっちを振り向いたとたん、もう新聞の中に財布を入れてみせた。ジャケットの衿が動いたと思ったら、もうリッチャンはちゃんと財布をスッて新聞の折り目にはさんでいた。スリの人はびっくりした顔もせず、

「これなら、大丈夫です。あなたこの人に教えてもらったらいいですよ」

と、うれしそうな声でわたしに言った。なんだか悪いような気がした。でも、リッチャンに習えばそれだけ長いあいだ、いっしょにいることができる。

プロデューサーが来て、白い封筒をスリの人にお礼を言いながら渡し、タクシーを呼んだ。

「では、また。またはないか」

スリの人は並んで頭を下げて見送るスタッフに振り返りながら手を振って帰っていった。

リッチャンとわたしは撮影が一緒に終わったあと、いつもリッチャンのムスタングで帰った。スタッフも監督もそんなわたしたちを祝福するようにニコニコして見ていた。恋人同士の役柄なのだから本当に仲良くなったほうがいいのだろう。特に仕事に慣れないわた

しを監督はリッチャンにおまかせしていたから。もだえるわたしの顔のアップを撮るときは、必ずリッチャンはつきあって、写らないところでパンティの中に手を入れて愛撫してくれた。わたしはリッチャンに見せたいから、じょうずにもだえの表情をしたと思うし、それを楽しんだ。

パンティが昨日のパンティじゃない、とカメラマンが言って、わたしが洗濯したので新しいのを穿いてきたと言ったら監督がキレて、首に下げたタオルのはしを噛みながら、つながりがあると怒鳴った。自前のパンティだったのでわたしは普通に穿き替えて家を出たので昨日のは洗濯機の中だ。どんなのでしたっけと衣裳係が聞いてオレンジに水玉のとかあれこれ説明していたら、

「いい！　オレが買ってくる」

と、監督が自分の二人乗りのスポーツカーで飛び出していった。時間が迫っていて今日中にどうしても撮らなきゃいけないシーンがあと三つもあった。撮り残すと、また一日のセットの費用がとんでもないお金だそうだ。夜遅くなればケータリングの食事やら、電車がなくなれば送りのタクシー代もあって、制作部は頭が痛いと言っていた。でもこの一件

は、わたしが
「洗濯した」
と言って皆んなが大笑いしたことで、あんまり気にしなくても良いようだ。パンティを探しに行った監督が大きな音をたててスポーツカーでセットの前に帰ってくるまで、セットの中はライトを消して真っ暗になり、ベッドの中でわたしとリッチャンは、タバコを吸ったり、頭を肩にもたせかけてイチャイチャした。

緑色のムスタングのとがった鼻先が、縦に切れ込みの入ったラバーののれんを押し広げるようにつっこんだ。三台止まっている車の間に駐車してリッチャンは壁ぎわに置かれている車の番号を隠す立札のようなものを持ってきて車はだれのものかわからないようにした。こういう渋谷のホテルでは、人にみつからないほうがいいのだろう。車体の低い車は乗ったとたん半分寝ているような姿勢になるのでわたしはリッチャンが開けてくれたドアから寝返りを打つように外に出た。

部屋の自動販売機のように写真が並んでいる一つを選んでわたしがボタンを押させても

らった。少し間取りの違った和室や洋室の他には産婦人科の診察台の写った部屋もあり、白い羽のベッド、床にはピンクや色とりどりの風船がちらばっている部屋もあり、わたしはボタンを押すのを楽しく迷った。

リッチャンは映画の中ではまだ一度もジーンズを脱いでいない。もちろんサングラスも。わたしが知っているのは声と、青い頬とすべすべした胸と手だけなのだ。

まるいベッドが部屋いっぱいを埋め尽くす。天井も床も壁も鏡張りの部屋に入った。

少し照明を落として天井に向けた背の高いライトと、鏡のまわりにボタンのように並んだ舞台の化粧台のようなピンクの明かりだけにした。さっきシャワーを浴びたばかりなのに、わたしだけがまたシャワーした。あそこがヌルヌルになりすぎているのが恥ずかしかったし悔しい気もしていたから……。

ベッドに入って、はじめてリッチャンの裸の足をこすりあわせた。横を向くと、これからのことで目のまわりがもったりふくらんだ赤い顔のわたしが写っていた。リッチャンがわたしの上に乗りわたしはリッチャンのサングラスの顔をよけて天井の鏡を見ていた。リッチャンが入ってきたときも首のうしろをしびれさせながら、「あーん」という声を出して冷蔵庫のうしろの鏡を見ていた。

「リッチャン、わたしのこと好き?」

と、なんとなく言ってみた。なんにも言わないと自分とリッチャンの時間がすぐ消えてしまいそうで、それでいてだれもいない二人きりのセックスシーンはなんとなく気が抜けたようなつまらない気持ちを自分で追い出してしまいたかった。

リッチャンはサングラスを落としたりせずに射精した。熱いドロッとしたのが足の間に来て、そのときだけは息を止めて、そのあとリッチャンは「うーん」と言った。あわててわたしは、

「中でしたの、どうして?」

とリッチャンの下からはね起きて言った。

そんなことしたらニンシンするかもしれない。リッチャンは「なんでオレがそんなことしなきゃいけないんだよ」と、「だよ」がわたしがもっと言おうとする言葉にかぶさるように言ったので、もう何も言わなかった。

でもリッチャンはときどき顔にサングラスがあたるやさしいキスを何度もしてくれ、テ

ィッシュの箱を寄せて何枚か抜き取り、わたしをふいてくれた。箱からティッシュが出てくる、シュッ、シュッという音とリッチャンの指先がわたしのあそこにあたるたびにたった今の本物のセックスをなつかしく思い出し、涙を出せるかためした。

わたしのアパートは大学のある街で、近所には定食屋や古本屋、だれが買うのかと思うような、ホコリだらけのツッカケぞうりしか置いてない靴屋があって、ものすごく昔の街のようだ。でも道玄坂上のバイト先まで歩いて行けるし、もっと坂を下って渋谷の住宅街にある演劇養成所までも歩いて行くことができた。アパートの近くでリッチャンの車を降りる。リッチャンは一度もわたしの部屋に来たことがない。車を降りたとたん大きな音を出して車を発進させるので、たぶんわたしがどの建物に入っていくか見たことはないだろう。

でもわたしは時々、この頃困っているアパートのことをリッチャンに話していた。

「夜中、ドアをドンドンたたく人がいるの。となりの人が出てきて、文句を言ってる声を聞いたら、もそもそれにあやまる声がして、たぶんその人って演出部の小山って人だと思う。カンケーないのに」

小山君はわたしのことを好きでバイト先の喫茶店でも仕事が終わるまで何杯もコーヒーをおかわりして待っていてくれた。あとは食事に行ったり、話をしたりするくらいで、わたしが同期生の室井とつきあっていることも知っていた。

あんなにおとなしい人なのに、ものすごい力でわたしのドアを壊しそうになるほど夜中にたたきにくるのは、このごろわたしが会わないからだけじゃなくて、本当の理由はリッチャンには言えない。おかしすぎるし、悲しすぎて。

はじめて小山君の本だらけで敷きっぱなしのフトンの上にすわるしかない部屋に行ったら、演劇論みたいなことを話していた小山君がフトンの上のわたしに、

「るい子」

と、真剣に迫ってきた。そんな気持ちにならなかったのにわたしはイヤダとも言えなくて、華奢な小山君を抱きかかえるようになって、セックスしようとした小山君は痛くてできなかった。ホッとした。

それから何日もしないうちに小山君が、

「手術してきたから」

と、ニコニコ笑いながら言ったので、わたしの部屋で、小山君のペニスに巻かれた包帯をそっとはがして血のこびりついたギザギザのを見たら、もう小山君には絶対会いたくないと決めた。室井にしゃべったら、

「そんなことするなよ。お前いつか刺されるぞ」

と言われた。でもわたしのせいじゃない。

だけど、だんだん怖くなって早くアパートを引っ越そうと考えていた。

下北沢の紅谷不動産はリッチャンの知り合いで、撮影所にも電車の乗り換え一回で行けるし、いままで住んだ三つの部屋より家賃は高かったけど明るい部屋を紹介してくれた。リッチャンと一緒に新しい部屋を見るのも二人のアパートみたいに思えて満足だった。キッチン兼リビングと八畳の和室にトイレと狭い風呂場、グリーンハウスという名前どおりまわりに木があって二階建ての一階の角部屋で畳の部屋の戸を開けると小さな庭のようになっている。ほとんどの物は処分してもらったので、新しく買ったイギリスアンティーク風の赤と白の縞模様の寝椅子は家具屋から、唯一いなかから持ってきたソファにもなる折

りたたみベッドはコージさんが運んでくれた。部屋を見渡してカーテンをつくってあげるねと言った。

「夜、電気をつけるとこっちからは鏡みたいに見えるけど外からはまる見えであぶないよ」

コージさんは自分の家の近くにアパートを持っていて、そこに住んでいる人たちとも大家さんというより友人みたいにつきあっていて、その中のおばさんにたのむという。コージさんは編み物も得意で待ち時間はせっせとかぎ棒を動かしざっくりしたセーターを編んでは自分でも着ていて、それはとても素敵なものだった。だけどカーテンなんかは単純すぎて自分ではやらないのだろう。

「おばちゃんがミシン持ってるから、いいよ」

その人にはわたしも会ったことがある。コージさんのことを子供のように、自分の配下に置きたがっている。コージさんが独身なので結婚すれば家賃がタダになるみたいにわたしたちが遊びに行くと出しゃばってきた。コージさんは女の人にはあまり興味がないのをどうしてもわからない押しの強さだ。わたしはその人のことを嫌いだったので、

「カーテン、あの人が作るの？」

と言った。

「いいじゃん、誰が作っても。カーテン、あったほうがいいよ。洗濯機も庭に置けるから、持ってくるよ」と、笑いながら歌うように言った。

電車を降りて撮影所まで歩いて行く。田んぼ道の脇に濃い緑色が葉っぱの玉のようにふくれあがったところがあって、それは鎮守の森というか、小さな祠のある神社だ。何回かその方向に向かって、祖母や両親が小さいわたしの横でしたように、おじぎをしたことがある。

緑色の森のふわふわとたゆたんだ木がゆれるあたりに羽を広げれば内側が白い鳥を何羽か見つけることもあって、ハトより少しだけ大きな羽で緑の木の枝をへこませてそこに巣を作っている様子だ。そのあたりを三、四羽かわるがわる羽を広げながら空中に上ったり止まったりするので、きっと子育てか、交尾かしているのだろう。まだ早い春にも見て夏が終わりそうな今でもまだその鳥たちがいた。

わたしは少し低くなった平たい緑の寝床の場所を知っているので、この道を歩くときはいつも探すように遠くからのび上がって見つけた。今日は昼から「ラッシュ」で今まで撮影したこま切れのフィルムを見る日だ。

ホームビデオのように、パラパラ、何の脈絡もなく映し出されて音のない仕草がおもしろく、より自分に近い人を見ているようなラッシュがわたしは好きだった。そのほうが、映画のことがなんにもわからない素人のわたしにでも自分がどんな気持ちでその時いたかよくわかって興味があった。

「あ、るい子の毛が見えた。お前カメラの前に急に立つなよ！」

カメラマンが声を出して、スタッフが一斉に大笑いした。まるでほんとうのホームムービーのような雰囲気だ。

画面ではわたしが初めて男の部屋を訪ねていく。わたし（ユキ）がドアを開けて部屋の中へ入るときから、ヒョコヒョコと首をピクピクさせながら、臆病な鳥のように移動する。初体験のシーンだから、わたしなりに工夫したつもりだ。相手の男優は養成所の同期の矢田君だったのでなんの緊張もなかったけど、また矢田君とハダカで抱き合うのがすごく嫌だったのでわたしは不機嫌で、矢田君はビクビクして、スタッフにもわたしにもペコペコ頭を下げて気をつかっていた。

フィルムチェンジになると、矢田君はベッドの外に出て立って待っていて、また撮影が開始されると、

「ごめん、いい？」

と、わたしの顔色をうかがいながらベッドに入ってきた。初体験なのでわたしのほうは、嫌がった態度というか演技をしたら、矢田君はびっくりしたようにベッドから飛び降りて、すまなそうに立ち尽くしていた。

養成所の遠足で井の頭公園に花見に行ったことがある。それぞれ焼酎やビールなんかを持ち寄って飲みながら散歩した。二年生のミチコは焼き鳥屋でバイトしてるので、昨夜の残り物を温めなおして持参したり、バイト歴が長い先輩は料理も上手くて、花見弁当を作ってきたりした。さんざん飲んで酔っ払って、室井がわたしに「ポルノ女優」と怒ったような声で言った。

さわいでいただれもが一瞬静かになったことのほうにわたしは驚いていた。わたしとつきあっている室井は演劇ひとすじで、アルバイトでもテレビや映画には出ない、などと言

っていたけど、たぶん話が来たらやってみるだろう。居酒屋でのバイトよりいちおう自分のやりたいことに近いだろうから。たぶん、わたしが遠くに行くように感じて淋しくなったのだと思った。

さんざん飲んだあげく、いっしょの組で撮影している矢田君が電車とおんぶで渋谷のわたしの部屋まで送ってくれた。ベッドだけの狭い部屋にわたしをおろして、矢田君が、

「大丈夫?」

と言いながら帰りそうなところへ、

「服ぬがせてよ」

とわたしが言った。

焦りながらセーターを頭からもぎ取ったら、わたしが泣いていたので、矢田君が抱きしめて背中をさすった。あんまりやさしいのでわたしは無理やり矢田君の服をはぎ取っていった。矢田君はパンツ一枚になって前を両手で隠してちぢこまっていて、白い布のパンツが父親のパンツと同じように見えたわたしは、足で矢田君をけとばして、

「帰って」

と言った。

だからそれから矢田君は、わたしの顔色ばかり見てくれている。

「本物の涙が出たね。よかったよ」

監督さんがはじめてほめてくれた。初体験の場面で。


カーテンのない大きなガラス戸のある庭に面した部屋は、午後には秋口の白い光が入口のドアのところまで入ってくるのでたぶん西に向いているのだろう。戸を開けていればときどき涼しい風も入って汗をかきながらいつまでも寝ていられた。

いつの間にか外が暗くなって、立つとガラスにわたしが映った。シャワーを浴びて、着替える合間にガラスの鏡にハダカを映して、いろいろなポーズをとってみる。ああしてこうしてとスチールカメラマンからポーズの注文をされると、動かずに止まっているのはわたしの仕事の範囲じゃないみたいにいつも拒否したので、カメラマンは困っていた。鏡に向かって、こんな感じってどんなポーズでも思いつくはしからやってみると案外イヤなものでもない。きっとあのカメラマンを嫌だったんだ。

「ああいいね、ああして、こうして、はい、サイコー!」

とか、もういいよ、と思った。

「ガーン」という大きな音がドアのほうでして、走っていってドアを開けても誰もいなかった。合板のひ弱なドアの下のほうがボッコリへこんで、少し離れた草の上に、大きなおにぎりのような石が転がっていた。

だれかがいつもわたしを見ていたと思えば怖いし、わたしのまわりの人だれもがそうしてもおかしくない気がした。


リッチャンの家はわたしの住んでいる街から、一駅で乗り換えて、あと二駅で行ける。乗ってしまえば三分ぐらいで、リッチャンの名刺を何度も見ながら、近くまででも行ってみたいとこのところずっと思い続けていたので、和紙でできた名刺はわたしの手の汗を吸いこんで紙粘土の一歩手前のようにしっとりやわらかくなっていた。

もう撮影所では会うこともなくなったので、リッチャンはきっとわたしのことなどわすれてしまうのだろう。

毎晩のように新宿で朝まで飲んで服をはぎ取りながらベッドに転がり込む日がつづいた。外が明るくなったガラス戸を開け、風を入れながら眠った。何か食べたり飲んだりしたくなるまでベッドにいた。午後になって西日が入るころになると、コージさんのくれたクリーム色に緑の小さな葉っぱ模様のカーテンを引いた。風が吹きこむたびに、人形のスカートのように大きくふくらみ、そして元に戻る波のようなリズムに息を合わせているとまた眠ってしまう。枕にうつぶせて顔の汗をぬぐいながらトロトロとする。眠りのなかでリッチャンに抱かれた。カーテンのスカートの中の風といっしょにわたしの背中のバスタオルに顔を入れて首からオシリまですべすべした頬で愛撫している。リッチャンの匂いがした。目を覚まさないで眠りながらセックスした。終わってペニスを抜こうとしたら、わたしが力を入れてはなさなかったので「うふ」とリッチャンは低く笑った。寝たふりでもいいからそのまま向き合って顔を見て、何か言ったりしたくない。

駅に着いて階段の下の電話ボックスで電話したら、リッチャンの奥さんの静子さんが出た。

「るい子ちゃんね。リッチャンいるわよ、いま駅まで迎えに行ってあげる」

静子さんは三人の男の子のお母さんで、ヤクザの女をリッチャンが取ったと、聞いていた。素足にベージュのロングスカートをまとわりつかせながらシャシャシャと草履の音をさせて駅前の歩道を近づいてくる。はじめて見る静子さんは、腰までとどくストレートの長い髪で、両耳の上でピッタリとパッチンどめで毛を止め、化粧してない顔にフレームのない眼鏡をかけている。近視の人がするうっとりした無防備なまなざしで、

「いらっしゃい、ともだちも来てるから」

と、わたしの手をとって、幼稚園の先生みたいに大きく手を振りながら歩いていく。

「木山 律」と書家が書いたうねったような文字が戸をガラガラと開けてくぐりぬける門の柱にかかっていて、またいで中に入ると、コイの泳ぐ池があり、きれいに剪定された松の植木が並ぶ庭は料亭のようで、リッチャンの家としては意外な感じだ。

座敷で男の人たちと麻雀をしていたリッチャンが、「おう」と言った。サングラスをしてないリッチャンの目は細くて目じりにはいつも笑っているような三本のシワがあって、象が目を細めたようなやさしい眼をしていた。ぜんぜん木山律のイメージじゃないからい

つもサングラスをはなさないとはじめて知った。テレビがついていて、白い宇宙服を着た男たちが、海の中を歩いているように、フワリフワリと浮かんでいて、ザラザラしたときどき途切れる画面からウィーウィーと音を出している。わたしが廊下に立って見ていたのでリッチャンが麻雀の手を止めないまま、

「ここおいで」

と、自分のとなりを首で指した。他の男の人たちはテレビとマージャンだけに集中して、リッチャンの横にピッタリくっついているわたしを気にもしない。居心地が悪くなって立ち上がるとリッチャンは牌を投げながら片方の手でわたしの手をつかんだ。うれしかったけど、

「静子さんのところにいる」

と言うと、手を離して麻雀をつづけた。

「この暑いのにおでんよ。リッチャンが食べるって言うから。るい子ちゃん食べる?」

台所で料理をしている静子さんが声をかけてくれると、急におなかがすいて、うんと首を振ったら、グーグーと胃のあたりが痛くなった。ここのところ酒ばっかりでなんにも食

べてない。おでんのしょうゆの匂いと熱い湯気が今いちばん食べたいものに思えた。

リッチャンの顔を見て、サングラスのない本物の目も見て、気持ちがほどけて、台所に立つ静子さんの背中を見ながら食堂のテーブルに肘をついていると、何度もこんなふうにして、ずっとここに居たような気分になった。家の中で食事が出てくるのを待つのは、すごく久しぶりだ。

「るい子ちゃん、家に電話してみたら」

静子さんは食器棚の横のカウンターテーブルの電話を指して言った。わたしは素直に受話器を持って、遠い実家にかけてみた。

「おたんじょうびおめでとう」

電話のわたしの声を聞いたとたん母が言った。待っていたみたいだった。わたしは自分の誕生日を忘れていた。このところ映画のこともあって、家には何をしゃべっていいかわからなかった。そして母は急に涙声になって
「きのう、おじいちゃん亡くなったよ」

と、長いこと病気だった自分の父のことを言った。

熱いおでんの汗と鼻水と涙が止まらなくなってグシュグシュやってると、静子さんがティッシュの箱を置いてくれた。シュッシュッとティッシュを抜き取る音を聞いて、静子さんに悪い気がした。

おでんを座敷に運んで、

「リッチャン、るい子ちゃんのとこ行ってあげて」

と、ささやくような静子さんの声が聞こえた。

リッチャンの部屋は和室で廊下から障子を開けてスリッパを脱いで入った。畳の真ん中にコバルトブルーや赤、緑、黄色の美しいペルシャ絨毯が敷かれ、立ってちょうどいい高さの朱塗りのテーブルがあった。どこからか背の高い椅子を出してきてリッチャンはわたしをすわらせ、自分はいつのまにか山高帽をかぶってゾウさんの細い目で笑いながらおじぎした。

「いまからはじまる、おもしろいこと」

と、目で言った。

リッチャンと目と目を合わせる不思議さに、わたしは泣いていたことも忘れて集中した。目の前にリッチャンの両手の甲が並んで見えたとき、あの、スリの人を思い出した。手を合わせ、そしてひらいたら、朱色のテーブルの上に白い子ウサギがのっていた。ウサギはルビー色の目で肌色の鼻だけをムクムク動かし、離れた両方の目でこっちを見ている。

「さわってごらん。フワフワで気持ちいいよ」

両手でウサギを包んでリッチャンは自分の頰をスルスルこすった。

戸を開けて庭に出た。石の上のつっかけを履いたリッチャンはわたしとあまり変わらない背丈で、案外小さい人だった。ヒールの靴を履いていたのか、靴を履いてないときはベッドで横になっていたときしか知らないから。

たくさんの箱が積み重なって並んでいる。ウサギ小屋の中には、白いウサギばかりが入っていて、雪か雲を押しこんでカギをかけたみたいだ。ところどころにルビー色を散りばめた白いかたまりにリッチャンが手を伸ばして一つ一つほどくように庭に放した。

「すぐ増えるんだコイツら」

かわいいのか憎たらしいのかわからない口調で、リッチャンは言った。

0号試写の日。わたしは少しおしゃれして、スカートをはいた。化粧もある程度自分でした。関係者だけの0号試写でも、映画評論家や記者の人、映倫の人が来るので、ちゃんとして来てとプロデューサーに言われてたから。わたしも、画面に出てくる人とぜんぜん違うと思われたくなかったので、自分でできる限り主人公ユキのメイクを再現したつもりだ。

電車でいっしょに並んだいづみさんは、黒いロングドレスを着ていて、あの大きなサングラスとピンクの化粧バッグを持っているのでまわりの人たちは、チラチラ彼女のほうばかり見ていて、その視線を跳ね返すように、しっかり前を向いている。ついでに見られるのがイヤでわたしは少し離れたドアのほうに移動した。

神社の森と畑の駅で降り、いづみさんをホームで待った。電車の窓を見るといづみさんは吊革をにぎってこっちを向いている。わたしが何か言おうとしたら、もう電車は横に動き出し、いづみさんの口がこちらへ向かって少し動いたように見えた。そのままいづみさんは電車に乗って行ってしまった。

神社の森の見えるあたりまで、ゆっくり歩いた。今年二回見えたあの羽の中が白い鳥は巣のあったあたりをいくら見ても、いなくなっていた。リッチャンの歌の中にいつもはハトのようにくすんだ茶色や灰色の鳥が、羽をいっぱいに広げると下から見上げる人たちは白い鳥に見える、そんな歌詞の歌があって、リッチャンがこの小さな森の鳥を見たことがあるのか、それともわたしがその歌を知っていたから、この鳥たちを見つけたのか、何度か考えたことがあることを思いながら歩いた。

映画がはじまった。

処女の場面の鳥のようにピクピクと頭を動かしながら歩くわたしの姿にリッチャンのユキのテーマが流れた。

ヌードで走り回るシーンで、カメラマンが、

「るい子やっぱり見えるから、ボカシた」

とつぶやくと、皆んなが笑った。家族のように……。

わたしはわたしでリッチャンのシーンで背の高さの不思議を発見しようとしたり、パンツの色が違って監督が買いに走ったことを思い出し、このシーンのあとリッチャンとホテ

ルに行ったとか、飲みすぎで目がはれていたなど、映画の中に自分の物語ばかり見ていて、すごくおもしろかった。

いづみさんの泡踊りは、いろいろカットされて、わたし一人の泡踊りのようになっていた。終わったら皆んなの拍手があり、監督は眼をうるませて、

「みんな、ありがとう！　よかった」

と言った。

お疲れのビールを飲んでしゃべっていたら十時をまわっていた。試写室の建物を出ると、田んぼの中の撮影所は真っ暗だった。皆んなが別れを惜しんでまだしゃべっている。

外に出て門に向かって歩くと黒い空に黄色の楕円形の光が浮かんでいた。画面を見ていたから目の錯覚かとまばたきし、後ろを振り返ると、ポツリ、ポツリとビルから出てくる人たちが、ばらばらに、光を見つけた場所で止まって空を見上げている。

遠くにも、真上にも見える横長の黄色い光の大きさはわたしからは縦六〇センチ、高さ二〇センチくらいに思えるけど、まったく、遠近感がない。

「あれ」と振り向いてうしろで立っているエノヤンに声をかけたら、

「あれですよね」

と目は空を見ながら言った。

しばらくわたしたちは黄色い光を見つづけ、いつの間にかその光が消えたのか、まだあるのに、その場をはなれたのか、思い出せない。

いづみさんも見ればよかったのにと思った。

犬の時間

犬の骨を埋める場所を探しているときにお兄さんを見た。

いつも行く公園の桜の木の下あたりの、黒い柔らかな土がいいんじゃないかと決めていた。だけど、なかなか季節を決められず、もう三年余り、ジーナの骨は骨壺に入ったままわたしの部屋の棚の目線の高さにパナマ帽を斜めにかぶって置かれていた。

真冬の公園は人も少なく、犬の散歩も夕方になってからだろう。骨を持ったままふらついていて、以前の散歩仲間に会ったりしてもまずい。

大きな古木が並ぶ桜の木の下のあたりは、ジーナのお気に入りの場所なので、生きているときから、きっと、この子はここにと思いながら十二年の散歩を彼女と楽しんだ。ターコイズブルーのバンダナに包まれたジーナの骨はななめにかけたバッグのわたしの腹の前で、さわるとカシャカシャ音をたてた。見渡す広い芝生は乾いた黄色に変わり、背丈まで伸びた青草を縫い泳ぐように前足を使って踊りながら走ったちょっと前の夏を思い出す。

お兄さんらしき自転車はゆっくりと、うねうねと細く公園内に敷かれたアスファルトの道をたどってこっちへ向かってくる。わたしは待ち合わせでもしたように首をのばして待っていた。

お兄さんは頭が大きい。髪の毛もふさふさ立っていて顔が四角くてひと昔前の男の顔だ。だからわたしたち犬の散歩仲間のおばさんもおねえさんも年齢に関係なく、お兄さんと呼ぶようになったのかもしれない。どんな季節でも素足につっかけで自転車をこいでいる。いつも家にいるままの普段着で、ケータイが鳴るとそのまま仕事へも直行だ。いつも連れているゴールデンレトリバーのリッキーがいっしょじゃないので、犬は？　と言うと、

「そこらへん走ってる。寒いですねぇ、今日は」と片足を道につけて言った。

わたしが犬なしでこの公園にいてもちっともおかしくない。犬が死んでここ三年ぐらい、

いつも犬なしの散歩人で、なじみの犬やその飼い主たちといっしょに歩いたりおしゃべりしたり。

お兄さんはわたしの話とバッグの中の音を聞くと、ううんと、小さく首をふって自転車を降りた。何かを探している様子でその辺の落ちた枝や手頃な石を集めた。今日の決行を決めて公園に来たのに、わたしはあるていどの深さの穴を掘るための何の道具も持ってきてなかった。死んだ犬と散歩してそのまま帰って、また出直してもいいか、とでも思っていたようだ。

一番太く長い枝を地面すれすれまで伸ばした桜の根元をお兄さんはとがった石でたたくように掘りはじめた。「雨ですぐ流れても犬が探して掘り出してもいけないから、あるていど深くないとね」。白い息を荒くしながら、後ろに立ったわたしに言った。バッグの中の骨を手のひらであたためながら、わたしは小さい声で、「ありがとう」と言った。

正月二日、西の空に開けた公園ではくっきりと富士山が見える。遠くに見えるおもちゃのようだ。パラパラと集まった人たちが口々に「富士山が見えますねぇ」と言っている。

お兄さんは前に何度か見かけたことのある奥さんとリッキーといっしょに「今日は軽ト

ラ」と言った。奥さんの見かけはだいぶお兄さんより年上だろう。薄紫色の着物に素通しのメガネをかけていて、ていねいなお正月のあいさつを、お兄さんの知り合いのそれぞれにしている。きっちり語尾の最後まで言う女《ひと》で、東北の人らしい、のみ込んだような声の押しの強さにだれもが「ああ、そうですか」としか言えない感じだ。自分がお兄さんより年上女房で着物の仕立てをしている、それも良い着物だけで、本当は男の仕事だ、家で仕事をしていて、子供はいない。お兄さんは便利屋みたいな仕事を自分でしていて、引っ越しから何でも仕事のあるときに出かける。ふだんは、犬の散歩や、奥さんの用事で動いているだけの、まあ、自由にさせているということまで、犬連れの人たちにすらすら話した。わたしは聞いたことのある彼女の故郷の街の名物〝ずんだもち〟のことを、「あれ、おいしいんですよね」とだけ言った。奥さんの言葉には間がなく、たまにしか公園に来れないので、いっしょうけんめい、お兄さんとのくらしを話したいのだ。みんな、着物を着た唯一お正月らしい人をとり囲んで首をうんうんと振っている。でも目線は飛んだり跳ねたりして遊びあっている犬たちのほうだ。お兄さんは少し離れて、自分のことを説明する妻におきまりの照れた顔をしていた。

もう一匹のゴールデンレトリバーがお兄さんの腰にじゃれついてきた。恵美子さんのランディだ。ランディだけが走ってきたようで恵美子さんの姿は見当らない。ランディは背が高いのでちょうどお兄さんの足のつけねに鼻をもたせて首を上下に振り、何だか知らせてるみたいだ。お兄さんは、「おうおう」と声にもならない音を発して、男同士の力づくのあいさつをかわす。「お久しぶりです」いつのまにかランディに追いついた恵美子さんがわたしたちの輪の外側に立っていた。「おめでとう」「今年もよろしく」など口々に交わしても犬連れの飼い主たちはすぐに自分の犬に視線をもどした。お兄さんはホラ、ママだよと言うようにランディの鼻先を恵美子さんのほうに向けてやった。

富士山の背にたなびく紫色、グレー、朱色の夕焼け雲は、見ている間にもブルーと黄色に変わり、やがて富士をとりかこむのは雲だけの濃い影色になった。犬といっしょのときはこんなに空を見ていなかった。指さしてあっという間のスペクタクルを知らせようとしても皆な自分の犬の走る地面から目が離せないようだ。お兄さんの奥さんの着物姿が風景に溶けている。わたしはそれを言いたかったけど、やめた。さっきからその女《ひと》は自分のたたずまいを知っているかのように空の色々の中にたたずみ、だれに見られるでもなく着物の中ですっくりと立っていた。

恵美子さんはすみれ色のカシミアの手ぶくろをぬぎ手をこすりあわせて小さな手さげの中からタバコを出して火をつけた。この人の小さなバッグの中には何でも入っている。ケイタイ灰皿、のみかけの缶ジュース、犬のスナック各種、薬など。あっと言う間もなくわたしの指のタバコに火がつけられ灰皿を自分の手のひらに敷く。犬のウンチ取り紙や一つ一つ便利に折りたたまれた小さなうすいビニールなど何でもすき間なく入っているバッグを人差し指にひょいとさげ、細く長いジーンズの足で大股に歩く。わたしは、この公園で見かける人たちの中では、彼女が一番きれいな人なんじゃないかと思っている。犬の散歩で会う人たちとはぜんぜんちがう感じだ。

ある日、午後、早過ぎるかなと思って公園に行くと恵美子さんに会った。黒いタイツにミニスカート、エナメルのローファー、ジャケット、どこかのお嬢さまみたいな服だったので「どおしたの?」って聞くと、「これから出かけなくちゃいけないんです」と言ってきれいな前歯を見せて笑った。いつもの恵美子さんは、化粧をしてない。以前にわたしがそのことを聞くと「まゆ毛、入れ墨なんです」と言って自分の両まゆを指でさするようにして、「いまちょうどいいくらいになってるでしょ。だんだんなじんでうすくなってきたから」と言った。くっきり大きな二重瞼に小さな顔、ほっそりした身体でも下腹だけはポッコリ出ているそうだ。わたしの腹を見て「おなか、どおして出てないんですか？」と、おせじでもないような口ぶりで聞かれたことがあった。

ぐるっと大まわりをすれば一キロくらいあるこの公園は広い芝生をかこむように山坂もある。小川も流れていて吊り橋やバードウォッチング用の池とのぞき板もあって、ちょっとした遠足みたいだ。昔は貯水池やゴルフ場だったこともあるらしい。小さな森のようなところはカラスの家になっている。子犬でも通ろうものなら、低空飛行でからかうように大きな羽をひろげて嘴でつっつくので、マルチーズをかかえたおじいさんは、いつも袋ににぎりこぶしほどの石を持って「こら！　チィちゃんに何をする」とどなりながら歩いている。以前はけっこういたのらネコの姿をこの頃見かけないのは、カラスのせいらしい。生まれた子ネコを食べてしまうから。わたしもその話を聞いてからカラスを目のかたきにしているところがある。大勢で木の上から、わたしとジーナの姿を見つけてギャーギャーとおどかすように鳴きわめく。ジーナが走り出すと、それを目がけて背中すれすれに飛んでふわりと木に戻る。わたしは大きな声を出したが、やっぱり石も持ってたほうがいいかもと思ったくらいだ。

いったん公園の囲いを出たところにバードサンクチュアリがあって小さな出口になっているところまでは五、六メートルのけっこう急な坂になっている。ジーナは一気に駆け上る体力が落ちた後半もトボトボではなく、なるべく早くこの坂を終わらせたいようないきおいで必死で駆け上った。わたしは「よいしょ！　よいしょ！」とかけ声をかけ、犬と自分のからだがいっしょになったように一足一足をがんばっていた。だから今でもこの坂になると、からだの中で「よいしょ！　よいしょ！」が鳴りひびく。

「ジーナちゃん、可愛いかったですよね」とわたしの気持ちを見透かすように恵美子さんが言った。「うん、いい子だったよ」。それ以上話すとはずむ息といっしょに涙がこぼれそうでごくりとつばを飲み込んだ。

秋には真っ赤なモミジの葉っぱが西日に透けて和菓子のようでいつもうっとりする木をくぐると落ち葉でふわふわした坂を一気に走り下る。もう、ころんでも痛くないくらいの落ち葉がすべり台のように足首まであるので、わたしたちはころげるように走った。

ランディは大きな歩幅で先へ先へ飛ぶように走って、時々止まってわたしたちのほうを見て待っている。「雄犬って、あっさりしてるね。それにゴールデンだしね。ランディもリッキーも」「そうですねえ、自分の世界って感じですね。犬同士のほうがいいみたい」。「リッキーまだ来ないね。今日は早いから、だれもいないね」。いつも十頭、多いときは十七、八頭の犬を公園入口にある広い芝生で放して遊ばせている。飼い主は、細い道路の縁石に腰かけて、見守りながらお互いしゃべりあったりして。でも、リッキーのパパとかジーナちゃんのママとかだけで名前は知らない。さしさわりのない公園だけの知り合いということか。

ランディがにおいを嗅ぐ動作で前足でつっついている。今までのくせでわたしが「ランディ何してるの！」と言った。ジーナはどんぐりや草花を食べるのが好きなのでつい目を光らせてしまう。近くに寄って見ると黒い羽だけになった死んだカラスだった。「キャー、何してるの」と大声をあげた。恵美子さんはゆっくり歩いてきて羽と骨の小さくなったカラスを片手に持ち上げ小川にポーンと放り投げた。「ランディだめでしょ」。他のことを考えてるような、別にたいしたこともないという言い方だ。ポーン、にびっくりしたわたしは、五歩も歩くと終わってしまう庭園風の小さな橋の下をのぞいた。チョロチョロと水は少ないけど一方向に、そこにとどまる黒い羽のかたまりの下を流れている。まわりには、落葉や木の枝が自然と積もって、プラスチックのゴミなどはないから、手入れはしているのだろう。湿った小川のあたりは、雨が降る前後には大きなガマガエルが土と同じ色をして、一匹見つけるとあっちにもこっちにもいて、犬たちが鼻をくっつけて、むせたようにせき込んだりした。実際カエルの毒にあたって、苦しんだ犬もいる。だからこの辺に来ると放してた犬にリードをつける。何もしてなくてもこんなに恐がられたり、嫌われたり、カラスもカエルもわたしたちにとっては、考えたくない存在なのだ。

恵美子さんはいつもの何でも入っているバッグの中からウェットティシューを取り出しわたしに勧めた。自分の手を軽くぬぐって折り紙のように広告紙で作ったゴミ入れの中にわたしの分といっしょに入れた。

「出かける時間はいいの?」とわたしがタバコを出して聞くと、「まだ大丈夫です」と言いながらケータイ灰皿の口をパカッと開けてわたしの灰の下に差し出した。こんなにいっぱいカラスはいても死んだところを見たのは初めてだ。羽で身体をかくすように落ちた場所の土になじみながら無くなるのかもしれない。こないだ見たカラスのいじめはひどかった。子供かもしれない小さなカラスが木からバタバタと落ちるように飛んできた。羽を広げた二羽の黒々と立派なカラスがその子をかわるがわるつっついていて、小さなほうはピョンピョンと片足を痛めているようだけど、逃げるでもなく、ヒョコヒョコ歩きをしながら、またの攻撃を待ち受けてるみたいだ。わたしが大きな声を出すとやっと二羽のカラスは木の上に戻った。子ガラスはまだそこにいて、倒れそうになるたびに片羽を広げ地面につっかいぼうのようにしてただそこに止まっていた。

「御主人、いそがしいの？」恵美子さんはわたしが夕方四時頃公園に行っても、夏なんか、ずいぶん涼しくなる八時頃行っても、だいたいいつも公園にいる。「結婚していないんです。彼は不動産の仕事だから、いそがしくて、夜遅いんです。まだ、結婚してやれないな、って」。もっといい子にちゃんと出来たら結婚してあげようと言われたようなことを言った。その彼は、わたしがランディを見かけてから少なくとも三年ぐらい、いっしょの散歩もしてないようだ。それでもランディを可愛いがっていること、あまりにも仕事が大変なこと、自分の実家は横浜で韓国籍だということ、以前、銀座のホステスをやっていたということを礼儀正しい話し方でわたしに伝えた。「結婚してやれないな」なんて言い方に腹を立てたわたしが、「なんか、すごく、いばってるんだね」と言ったら、ケラケラ笑い声を立てて、そんな人なんですと恵美子さんが言った。そんな人だから、いとおしいのだろう。すごく幸せそうに自分の家の、公園のわきにあるテラスハウスの説明をした。わたしも、そのおしゃれな二階建ての建物は雑誌で見たことがある。メゾネットになっている白いマンションで一軒一軒独立して、たしか雑誌では人気のイラストレーターの女性が一人で住んでいる自分の部屋を紹介していた。いつだれが写真を撮りにノックしても用意は出来てますといった家だった。生活感というか、生活道具はどこにあるのだろうと心配になるほどのかたづけようだったので、恵美子さんもきっと家でも誰に見られてもいいように大変なのだろうと想像した。わたしがまた「そんな彼ってどおなの」と文句を言おうとしても、うれしそうに、笑っていた。

鳥たちの群れが一方向に、幾何学的な形を成して飛んで行く。みんなで帰ろうとしている。どこか大事なところに移動したり、眠りにつく場所を探すときだけ、一本の強い糸をもらったような動きをして、こっちからながめるとうらやましい。

ジーナが死ぬ前の不安な気持ちのとき窓の外を見ると、こっちに向かってざわざわと身体をゆすっている木があって、窓を背にしてベッドに横になっているジーナを見、彼女の背景に広がる外を見る。わたしが見るとその木だけが小さなどんぐり公園の中でたった一本、こっちに身体をゆすってくれた。その木は公園すれすれに建つマンションの、金網のそばにあって、公園側の網目から手を伸ばしてさわることが出来た。

夏のある日、窓から外を見ていると、その木に人が登っていた。よく見ると大きく伸びた枝を切っている。たぶんマンションの人の、テレビの映りが悪いとか、日当たりのじゃまになったのだろう。どうなるのだろうと見ているうちに木の幹の上から四分の三ぐらいのところに大きなノコギリをあてている。あっという間に短い電信柱のようになってようやく立っていた。根元から掘り起すことのほうが大変だったのか、太い棒だけのようにされていた。もうジーナも死んでいなくなっていたのでそのままのベッドを見、窓の外のその木を見ると、木も手を振る手をなくし、頭をかたむけて揺れる髪の毛をなくし、ただ、ボッカリと立たされんぼうのように立っていた。

しっかり寒い日の夕暮れどきは山々の背景にいつか観たフランスの影絵のアニメのよう

な、うすいオレンジ色、紫ブルー、グレー、青空の残った青のグラデーションの西空、そしてもっと上空には夜を示す、濃い紫色が待っている。いたいたしい、指をはさんだときの色。

電話がかかってきたとき、だれだかわからなかった。

「え、どちらさまですか」と聞き返すと、「もち送ってきたんです。何度か連絡したんですけど、留守だったので、冷凍していて、あんまりほっとけないから」。

息のほうが多いしゃべりかたで、すごく困っていることはわたしのせいみたいだったから、きっとまちがい電話かと、何度か確かめたのが、もっと相手の気持ちにさわったのだろう。

「あ、いらない、だったら、いい、です」と、東北のしゃべり方風な声を聞いたとき、やっとわかった。お兄さんの奥さんだ。

お正月に会ったとき、わたしがずんだもちの話をして、それを食べたいと言っていたことを憶えていてくれて、田舎に帰ったとき、送ろうとしたけど、住所を知らないので、自分の家の冷凍庫に入っている。早く渡したいということを、早口でしゃべった。わたしは、何度も知らんふりをしたことをあやまり、いつでもどこへでも取りに、いただきにうかがうと言った。あのとき、しゃべることがないついでに電話番号を書いた紙を渡したことを少し後悔した。小さなガマ口に十円と電話番号を書いた紙を入れ、迷子になったらこれでよろしくという意味で、けっこうやんちゃな犬たちの首には、黄色や赤のかわいいアクセサリーがわりにつけられていた。まだわたしの散歩用コートのポケットには、何枚かのメモが残っていた。奥さんは、ひとしきりずんだもちの説明をして、「どおしたらいいですか、今度、田舎帰ったとき持ってきますから、お渡しするのは?」と顔を近づけて言うのでポケットの中を探ってメモを渡してしまったのだ。話に応じると一歩ずつこちらへ近づいてくる人だ。

メモを受け取ると奥さんは小さな紙を口にくわえ両手の親指を帯の間にはさんで帯揚げをなおし、そこにメモをしまった。着物仕立ての職人のしぐさが目に残った。

入口から入ると西に向った公園は遅い午後の長く伸びた光を受けて風もなく、このところではめずらしくあたたかいと感じる日だ。遠くに女の人の姿があった。管理人がいる時間は何かとめんどうで犬のリードを離したりできないので犬仲間はまだだれも来てないだろう。わたしは駐車場に車を止めて、なるべくゆっくり歩いてきた。手前には美術館があってまわりの整地された芝生には所々にオブジェが置かれている。馬の上に獅子とも悪魔とも見える小さな生物が不自然に腰かけて、怒りながらずり落ちるかの体勢でギャッ！っとこっちへ向かって口を開けていて、ジーナに見せると、なんとなく見て見ないふりをしたので、やっぱり犬にも解る良い作品なのだろう。トボトボ歩いても公園の入口までは十五分もかからない。

女の人のそばにリッキーがめずらしくお座りの姿勢でかしこまっている姿が見えた。奥さんは今日は洋服を着ていて、緑色のフレアースカートにうすい茶色の縞がななめに入ってる、バイアス柄というのだろうか。モヘアーのふわふわ毛羽立ったヒヨコ色のロングセーターを着ていた。パッチワークの手提げを持っているのであれに〝ずんだもち〟が入ってるのかと思った。わたしは大きな声を出して「こんにちわー」と叫んだ。奥さんは以前から近づく気配を知っていた感じでゆっくりふり返ってこちらへ歩いてきた。

「リッキー元気だった？　久しぶりだね、きょうはパパはいないの。いい子だ、よーし、よーし」。顔をくっつけて犬の匂いを嗅ぎながら、わたしがリッキーにしゃべりつづけると、奥さんはヒヨコ色のセーターを光に透かせながら、「これわたしが編んだんです」と言った。それからお兄さんのセーターやシャツはみんな奥さんが作ると言った。わたしのセーターも編んでくれそうないきおいだったので、「うーん、いい、ステキですよね」は言葉でなく、まばたきだけで返した。

「お兄さん、きょうは、いないんですか。お仕事?」「主人、仕事で、この頃はいそがしいんです。引っ越しする人が多くて、年度替りだから」

学生や独り者だと、軽トラで何回か往復すれば、それにバイト君を頼めば、ちょっとした引っ越しぐらいは大丈夫だと言った。わたしは、お兄さんといっしょに桜の木の下に埋めたジーナの骨のことは誰にも言ってないので、奥さんにはしゃべってみようかともチラッと思ったけど、奥さんは、定期的に田舎に帰らなきゃいけない、奥さんの兄と母親はいっしょに住んでいるけど、どうしても一人娘の自分が病気の母には必要で、家を留守にしてしまうので、お兄さんのことも、充分めんどうを見てあげられてない、ことを、だんだんわたしのほうに近づきながら、きょうはメガネをしてない目でしゃべりつづけている。

きれいな顔立ちなのに顔の中にずいぶんほくろがある。ほくろは苦労の数と言って二百万円かけてホクロを整形外科で取ってもらった友人を思い出した。その女《ひと》も犬を飼っていて、世界中を探してラスベガスで見つけた血統の良いチャウチャウ犬が二頭つづけて死んでしまった。はじめの子は病気で、その次の子犬は、彼女と遊んでいるとき壁に身体ごとぶつかって死んだ。まわりの犬仲間が彼女のことを心配して訪ねると、「わたしに近づくと不幸がうつるから」と言ってドアを開けなかったそうだ。だから、ホクロもまんざら迷信ではないのだ。げんにわたしなんか、チャウチャウの彼女のことも奥さんのこともはっきりと敬遠している。

「リッキー、いけなぁーい！」と奥さんはこちらへ向かってさけびそれから後ろをふり返った。リッキーはいつもの仲間もなくたいくつで、ふらふらそこいらへんの草の匂いを嗅ぎ、オシッコしたり、モグラが掘り返して黒いダンゴのように並べられた土を前足で掻いたり、叱られる理由もないので、何があったのかキョトンと飼い主の奥さんの顔を見ていた。奥さんは足早にリッキーに近づくと、鼻と口のあたりを片手でおおって、「いけないでしょ！　どおしていい子にしてないの」と何度もリッキーの鼻づらを左右に振った。リッキーはおすわりをして、目は空を見るように、自分にふりかかった不幸をやり過ごそうと、でも必死な様子は鼻がふくらんで頬がヒクヒク緊張しているからわかる。まだまだ奥さんはリッキーの首輪をつかんで、自分もひざまずき、「あなたは、どうしてなの、どうして、こんな子なの」とリッキーにとっては謂れのない暴言を吐くのが止まらない。

犬を飼っていてこういうことをする人は多い、というかわたしにも身に憶えがあって、理由があって叱ろうかと身がまえたとたんなんだか身体の中にあった他の感情が湧いてきてついでに犬に対して出してしまうというか、子供のような小さな弱い者に対してどうしても出てしまう、人間が本来持っている感情——スープの上澄みがちらばってすくいきれないような……。

「リッキー、行こう」とわたしは言った。もっと歩いて本来の散歩をすべきだというふうに、奥さんから身をほどいたリッキーは大きく飛ぶようにゆっくり跳ねてわたしの横についた。

ずいぶん低くなった太陽の光はありったけの陽を放っている。朱色の空に葉を落として網の目のようになった木々が黒いレース編みのように映え、となりに寄りそうまだ緑の葉を持っている木々たちに、ひらき直っているようにあばら骨を見せながら立っている。遠くのゴミ焼却場のエントツの先に光るあかりの点滅のリズムは、わたしの心臓の鼓動より少しゆっくりな気がする。そっちのほうが宇宙の正しいリズムなのかもしれないと、点滅を見るたびに自分の胸に手をあてながら思った。

スキップをするように、リッキーとわたしは、広場の中程の窪みに建っている東屋をめざした。

東屋といってもかなりの広さがある。四隅に四、五人座れる木のベンチとテーブルがあって、中央にはバーベキューも出来るような石の台を囲む石のベンチがある。公園ではいたるところに〝火気厳禁〟と立て札が立っているのでたぶん形だけのものだろう。リッキーとわたしはゆっくりと腰を伸ばしてスカートを手で払いながら歩いてくる奥さんを待った。さっきもらった手の中のスーパーのポリエチレンに包まれた冷凍のずんだもちはもう汗をかいていて冷たく不愉快だった。「リッキー悪い子でしょー」とうっすら笑顔を作りながら入ってきた奥さんの前でずんだもちをテーブルに置くのはためらわれた。なぜだか奥さんは真ん中にある冷たい石のベンチに腰を下ろした。自分からは何も言わないが、もっとわたしに何か質問でもして欲しいというように煙が止まっているような空を見ながらメガネのない目を細めていた。だいたいわたしは、あなたから呼ばれてずんだもちを受け取りに来ただけで、あなたとは今後もっと仲良くなるはずもない。「奥さんの今座っている石のベンチは」と心の中で言った。

夏は夜が涼しくなるのを待って散歩に出かけた。夜のほうが人もいなくてジーナを放して自由にさせることが出来る。先にジーナが駆け出して、わたしが近づくとまた先へ駆けて行く。草原も夜露を含んで犬の腹に気持ちがいいのだろう。夕方より蚊も少ない。広い公園の暗闇の中でわたしも自由になった。夜だけ強く香る、マラソンコースの金網に巻きついたジャスミンに鼻をくっつけたり、エンジェルトランペットという、すずらんを人の頭にしたような大きな花がいくつも重なってボンヤリ光を放ちながらうつむいている脇を通り過ぎると、やっぱり良い香りと生の植物の嘔吐物のようなにおいとの中間のにおいがあって、いつか母が「おばけ花、気持ち悪いよ」と言った言葉をいつも思い出す。ジーナも太陽の下よりも暗闇の夜中の散歩のほうが生き生きしている。かすかなわたしの息づかいも聞きのがすまいと耳をそばだてているような気がする。わたしはわたしで、こないだ首を吊った人がいたという木の下のほうにもずんずん歩いていってくぐったりして、いっそう犬に同化して元気になっている。さっとしゃがんでパンティを下ろし、おしっこをした。自分のおしっこの本当の音は土に吸い取られていく音だということを、また思い出す。

ジーナが走り出した息の音を聞いてわたしも走った。

入口の水銀灯に照らされた東屋は、いま抜けた森よりずっと薄明るく現世の時間に夢から覚めて戻ってきたみたいだ。わたしも急にジーナちゃんのママに返った。

ジーナの鼻先が芝生の土から東屋へつづく石段をたどって行く。東屋の中は壁がない薄暗い部屋のようだ。昼間なにげなく外と内との境もなく行き来する東屋ではなく、こっそりと、それも「ごめんください」と言わねばならないように風も空気もその中でとどまっていた。ちょっと恐い感じがして、「ジーナ、どこ行くのよ、待ってよ」とわたしは大声を出した。少し前から、ゴーゴー、ウォーウォーという音は耳にあったような気もする。

石のベンチの上に人の顔が見えた。相対すると顔の下に長い髪の毛がふるえている。ベンチすれすれにゆれる毛の中から、「ゴーゴー、アゴー、うーん、いえーい」と長いうめき声は次々とたえまなく、たくさんの小さな獣がくり出してくるある集会のようにしゃべり出していた。わたしと真向かいにあった男の目は、何かの使命を果たしているような、あんがい冷静な窓口の職員のようにわたしを見返す。ジーナは声に従うようにいそがしく、石のベンチのまわりを嗅ぎまわっている。わたしは、しばらく二つの目から目をはなせなかった。心の中では、今起こっていることがまったく理解できないように身をまもりながら、今まで見たことのない、ただただ真剣な人の目を見ていた。

冬中、ジーナの桜の木を遠くに眺めながら散歩をして、桜の季節がもうすぐ来る。多分、桜の木の下の湿った黒い土は、ときどき犬が来て、オシッコをかけるくらいで、人間たちはその桜を見るために、少し離れて座っているだろう。近づくと桜は開いたときよりも濃い色のかたい小さな蕾をもうつけていた。

ゴールデンレトリバーのウォルヒーをつれた犬友達に久々に出会った。わたしよりずいぶん年上の彼女はお兄さんのことをお兄ちゃんという。そして、お兄ちゃんは亡くなった、恵美子さんといっしょにしばらく暮らしてたんだけど、ついこないだ、河原で自転車から落ちて首の骨を折って死んだらしいことを伝えた。わたしは久々の公園友達にお兄さんと恵美子さんのことを聞こうと思っていた。

ジーナの桜の根元を見ると、いつものカラスが集めた小枝がこんもりと置かれていた。

初出
燃える電車は、すごくゆっくりと遠ざかっていった　マスターは電話番号を書いた紙を出した　「真夜中」Ｎｏ．２（２００８年７月）／みずいろ　１-１-19「真夜中」Ｎｏ．３（２００９年１月）／ナポリスパゲティ　アルバム「真夜中」Ｎｏ．４（２００９年４月）／ポルノ　書き下ろし／犬の時間　「真夜中」Ｎｏ．１（２００８年４月）

伊佐山ひろ子

福岡女学院高校から俳優座小劇場付属養成所を経て、1972年『白い指の戯れ』（村川透監督）で映画デビュー。同年、キネマ旬報主演女優賞を受賞。以後、映画、テレビに多数出演。代表作に、『一条さゆり　濡れた欲情』（神代辰巳監督）、『女地獄　森は濡れた』（神代辰巳監督）、『エロスは甘き香り』（藤田敏八監督）、『ボクサー』（寺山修司監督）、『近頃なぜかチャールストン』（岡本喜八監督）、『博多っ子純情』（曽根中生監督）、『海峡』（森谷司郎監督）、『浪人街』（黒木和雄監督）、『Helpless』（青山真治監督）など。また、80年代よりエッセイや小説の執筆も手掛け、著書に『嫌いは嫌い、好きは好き』『琲・卵・周・期』『熱い舌』『独身術』『学校の犬』、写真集に『昭和』（写真・沢渡朔）がある。

海と川の匂い

2010年6月28日　初版第1刷発行

著者　伊佐山ひろ子

編集者　大嶺洋子

発行者　孫 家邦

発行所　株式会社リトルモア
〒151-0051 東京都渋谷区千駄ヶ谷 3-56-6
TEL:03-3401-1042　FAX:03-3401-1052
info@littlemore.co.jp
http://www.littlemore.co.jp

印刷・製本所　凸版印刷株式会社

©2010 Hiroko Isayama / ©2010 Little More Co.,Ltd.
Printed in Japan
ISBN978-4-89815-287-4 C0093

乱丁・落丁本は送料小社負担にてお取り替えいたします。
本書の無断複写・複製・引用を禁じます。

Little More
真夜中
BOOKS

好評既刊
甘い水
東 直子
見えない力に強いられ、記憶を奪われた女性の数奇な運命。〈甘い水〉をめぐって、命とはなにかを痛切に描いた、渾身の長篇小説。

2010年夏発売予定
夜よりも大きい
小野正嗣
世界には災厄がたしかに存在している。崩壊の音と子どもたちの小さな声を聞き、くだかれた生のかけらを掬う連作短篇集。